KB048920

집 나간 의욕을 찾습니다

집 나간 의욕을 찾습니다

N년차 독립 디자이너의
고군분투 생존기

글, 그림 김파카

샘터

◦ 프롤로그

계속 그리는 용기

"더는 이렇게 살고 싶지 않아요. 야근도 하기 싫고요, 왜 이렇게 일을 많이 해야 하는지 모르겠어요. 그렇게 살갑고 화목한 가족도 아닌데 엄마, 아빠랑 같이 저녁 먹고 싶어요. 사는 게 뭔지 모르겠어요. 새벽에 택시를 타고 집에 가잖아요? 우면산 터널을 지날 때마다 죽지 않을 정도로만 사고가 나버렸으면 좋겠다는 생각을 종종 했어요. 뭐 대단한 사람이 되고 싶은 건 아니고요. 그냥 좀 쉬고 싶어요."

내 이름은 김파카, 88년생. 밀레니얼 세대에 간신히 낀 사람이다. 아이폰이 한국에 처음 출시됐을 때 대학 졸업반이었고, 그때 처음으로 카톡이 생겼다. (도대체 그 전엔 어떻게 연락했었는지 기억도 안 난다.) 졸업도 하기 전에 회사에 들어갔다. 미친 듯이 야근을 했다. 그야말로 미친 듯이. 출근 시간은 있었지만, 퇴근 시간은 없는 회사였다.

대학 동기들도 다 그렇게 다니고 있었기에 이상한 줄도 모르고 5년을 버텼다. 먼저 사회생활을 맛본 선배들, 현역에서 일하는 교수님들은 '회사 가면 맨날 야근한다', '아무나 버티기 힘들다'라며 겁을 줬다. 디자이너에게 야근은 당연한 것이었다. 야근은 열정의 잣대이자, 내가 이 일을 얼마나 잘 해내고 싶은지를 보여주는 척도 같은 거였다. 동기들이 모이면 다들 자기가 얼마나 힘든지 떠들어댔다. 힘들고 피곤할수록 내가 얼마나 대단한 사람인지 증명하는 것처럼.

허울만 멋져 보이는 프로젝트들을 완성할 때마다 몸이 급격히 축났다. 돌을 씹어 먹어도 멀쩡할 거라는 말을 듣던 내가, 허리가 아파 200미터 앞에 있는 병원에 걸어가지도 못했다. 택시를 잡아타고 엎드려 있는데, 눈물이 찔끔 났다.

"이제 어떻게 살고 싶냐 하면요…"로 다음 말을 시작하려는 순간, 나의 두 번째 인생이 시작된 것 같았다. 새로운 신호등이 깜빡였다. 그렇게 마음속에 작은 불빛 하나가 켜지고 나니, 당장이라도 뭔가 시작하고 싶었다. 기대와 설렘으로 마음속 화로가 활활 타올랐다. 계획도 세우고, 필요한 장비를 구입할 생각에 신이 났다. 하지만 이런 마음을 꾸준히 유지하기란 얼마나 어려운 일인가! 3일만 지나도 이내 시들해져서 훅 꺼져버린다. 불붙은 장작인 줄 알았는데 훅 불면 꺼지는 작은 '양초'였다. 사람들이 왜 열정이나 의욕을 불꽃처럼 '타오른다'고 표현하는지 알 것 같았다. 우리의 의지는 그만큼 쉽게 연소하고 사라진다.

누군가 맛있게 짜장면 먹는 장면을 보고 주문하고 싶은 마음은 10분, 취미 삼아 해보고 싶었던 클라이밍에 대한 호기심은 이틀 만에 완전히 꺼졌다. 5년 전부터 시작한 글쓰기는 일주일에 한 번씩 겨우겨우 켜지다가 이제는 열심히 땔감을 모아 매일 불을 붙이고 있다. 땔감이 부족해지면 무척 괴로워지므로 나무꾼처럼 부지런히 줍는다.

이 책은 작은 양초의 불꽃이 꺼지지 않게 노력했던 과정에서 얻은 노하우와 실패를 담은, 현재진행형의 이야기다. 쉽게 꺼지지 않는 불꽃의 비결을 찾기 위해 이리 치이고 저리 치어온 과정을 가감 없이 썼다. ('6년근 홍삼'도 아니고 왜 이렇게 오래 걸렸는지 모르겠지만, 단번에 해냈다면 이런 이야기는 나오지 못했겠지.)

내가 좋아서 시작한 일이 점점 싫어질 때, 회사 밖에서 혼자 힘으로 살아남을 수 있을지 고민하던 시기에 썼던 일기장이 있다. 그때 일기를 쓰지 않았다면, 메모장에 그날의 결심과 생각을 써두지 않았다면 이 책을 쓸 수 없었을 것이다. 감정의 쓰레기통 같았던 일기장이 내가 하고 싶은 일을 상상하는 공간이 되고, 그날의 생각과 감정을 정리하는 곳이 되었다. 일기장은 내 아지트였다. 이곳에서 나는 새로운 길을 향해 떠날 용기를 얻었다.

첫 책을 쓰면서 내 이야기를 하는 것이 조금 쑥스러워서 완전히 솔직하지는 못했다. 나를 잘 아는 주변 사람이 읽으면 부끄러우니까. 책이 세상에 나오고서는 새로운 사실을 알게 되었다. 그렇게까지 읽는 사람이 별로 없다는 것을. 그래서 더 솔직해져 보기로 했다. 어차피 끝까지 읽는 사람은 많지 않을 테니까. 하지만 당신이 이 책을 다 읽겠다면 아, 고맙습니다.

2021년 10월

김파카

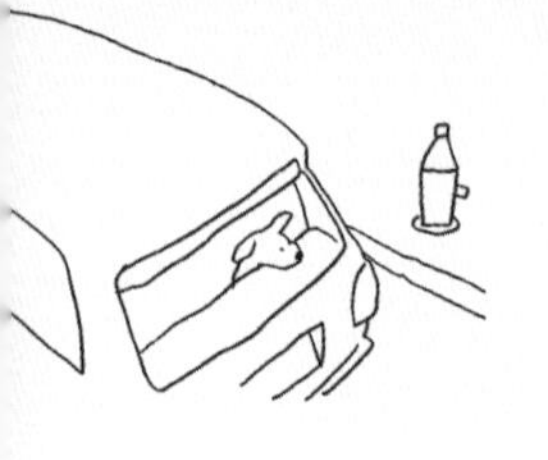

차례

0화

예비 퇴사자의 일기

일요일에 출근하는 건 아무리 해도 익숙해지지 않는다. 일할수록 수명이 단축되는 기분. 정말 너무 너무 가기 싫다. 2014년 1월 19일 일요일

디자이너로서 4년 차인데, 벽에 부딪힌 것 같다. 하기 싫은 것, 못하는 것도 잘해야 하는 위치. 디자이너가 말도 잘해야 하고, PT도 잘해야 하고, 리더십도 갖춰야 한다. 아, 돈 계산까지 밝으면 더 좋고.

2014년 7월 19일 토요일

만능 가제트는 아니고요

밤을 새워가며 경쟁 PT 자료를 만들었다. 결국 우리 회사가 낙점되었다. 좋은 일인지, 안 좋은 일인지 모르겠다.

2015년 3월 11일 수요일

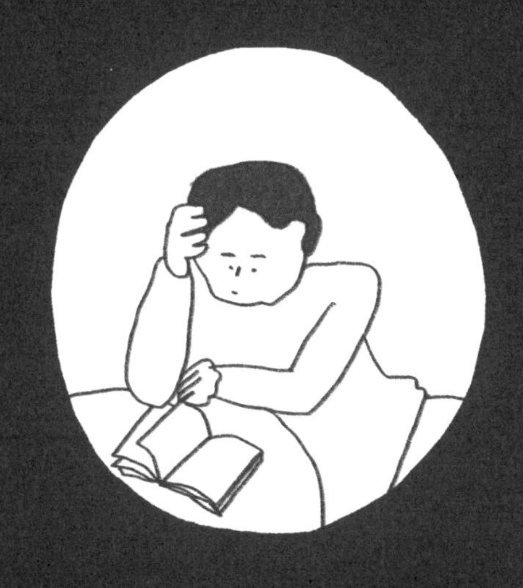

정말 하기 싫은 일을 맡게 되었다. 왜 해야 하는지 모르겠다. 그냥 하기 싫다는 변명만 남았다.

2015년 6월 12일

드디어, 퇴사

2015년 10월 어느 날

첫 번째,

이럴 생각은 없었는데 독립

1화

그놈이 그놈, 그 회사가 그 회사

"저, 다음 주부터 출근해요."

졸업을 앞둔 4학년이었다. 휴학 한 번 안 하고 바로 취업한 건, 오로지 돈 때문이었다. 어른이라면 스스로 먹고살아야 한다고 생각했다. 누가 뭐라 한 것도 아닌데 절실하게 준비했다. '나는 뭘 좋아하지?', '어떤 일을 하고 싶은 거지?' 같은 건 고민 자격도 얻지 못했다. 이때까지만 해도 이 질문이 다시 나를 끌어당겨 그 앞에 주저앉힐 거라곤 상상도 못 했다.

회사란 곳은 참 특이한 모임 같다. 서로 다른 인생을 살아왔던 사람들이 월, 화, 수, 목, 금 같은 시간에 출근해서 다른 시간에 퇴근한다. 월급도 모두 다르다. 일을 많이 한다고 돈을 더 받는 것도 아니다. 레고 블록처럼 팀이 조립된다. 안 맞아도 억지로 끼워 맞춰진다. 내가 지금 적정한 월급을 받고 있는지는 절대 알 수 없다. 같은 업계의 다른 회사에서 일하는 친구들이 연봉을 털어놓으면 그제야 '아, 원래 다 이렇게 받는가 보다' 지레 짐작할 뿐.

월급 받을 통장을 만들어야 한대서 은행에 갔더니 창구 직원이 왠지 지나치게 상냥하다. 월급통장을 개설하고 칫솔 치약 세트를 받았다. 점심 먹고 열심히 양치하라는 건가? 월급통장 하나 개설했을 뿐인데 여행 가면 환율도 우대해준다고 하고, 1년 안에 1,000만 원 모으기 같은 목돈 굴리기 적금계좌도 추천한다. 나 대신 자금 계획도 세워주고 여행 비용까지 챙겨주다니. 이제 여름휴가를 어디로 갈지 정하기만 하면 되겠네?

이참에 적금을 하나 들어도 나쁠 것 같진 않다. 뭐, 이런 상황에 쓰는 말은 아닌 것 같지만, 달걀은 한 바구니에 담는 게 아니라는 말을 어디서 주워들은 게 있어서, 저축 금액을 쪼개 통장만 세 개를 만들었다. 혹시 하나를 깨서 야금야금 먹어버릴 수도 있으니까. (역시 무리한 계획이었다. 하나는 중도해지 했다.) 1년에 1,000만 원을 모아 뭘 해야 하는지 모르겠지만, 사회 초년생은 그래야 한다니까.

초년생의 때를 벗기도 무섭게 매년 위기가 찾아왔다. 그사이 네 번의 위기를 버텨냈다. 일 자체가 지독하게 힘들어서 싫은 건지, 아님 내가 이 일을 그렇게까지 좋아하는 건 아니었는지 모르겠다. 일이 주는 기쁨보다 고통이 더 크게 느껴질 때쯤 회사를 나왔다.

출근하는 지하철도 싫고, 같이 일하는 과장님도 싫고, 야근 후 지겹게 타는 택시도 싫고…. 5년 동안 즐겁게 일한 기억도 많았는데 어째서 일기장엔 죄다 싫은 것만 적혀 있는지! 싫어하는 것을 피하고 또 피했더니 어느새 회사 밖으로 벗어나 있었다. 그렇게 나는 독립의 길을 걷게 되었다. '어차피 그놈이 그놈이고, 그 회사가 그 회사'라는 말처럼.

"네, 평일 낮에도 괜찮아요."

평일 낮에 밖에 나와 있는 사람들은 대체 무슨 일을 하는지 늘 궁금했는데, 놀랍게도 지금 내가 그러고 있다.

2화

아이쿠, 이 길이 아닌가

"파카 님도 회사에 다녔던 적이 있어요?"

최근 알게 된 사람들이 나에게 종종 이런 질문을 한다.

"사실 회사에서 하던 일도 좋아하던 일이었거든요. 원래 좋아하면 더 잘하고 싶고, 더 시간을 쏟게 되고 그러잖아요. 근데 언제부턴가 그렇지가 않은 거예요. 더 잘하고 싶지도 않고, 관심도 뚝 떨어지고. 그래서 그때 알았죠. 아, 난 딱 요만큼만 좋아했던 거구나."

퇴사하고 자주 걷다 보니, 일하는 것도 걷기와 비슷한 구석이 많았다. 혼자 걸을지, 다른 사람들과 함께 갈지, 평지로 갈지, 산으로 갈지, 지름길로 갈지, 뛰어갈지, 천천히 돌아갈지 모든 게 선택이다. 기왕이면 누구와, 어디를, 어떻게 걷고 싶은지 더 빨리 알았다면 좋았을 텐데.

자기가 하는 일을 좋아한다는 게 여실히 느껴지는 사람들이 있다. 그런 사람들도 어느 정도 중간 목적지에 다다랐을 때 이런 고민을 하는 것 같다. 게임을 중간에 멈추면 메시지가 뜨는 것처럼. '계속 이어서 하시겠습니까? 그만두시겠습니까? 아니면… 잠시 쉬었다 가시겠습니까?' 물론, 마지막 멘트는 본 적 없지만.

그런 사람들이 고민할 때는 보통 다음과 같은 이유 때문이다.
시간이 부족하거나, 체력이 부족하거나.
혹은 돈이 안 되거나, 돈이 아주 안 되거나.

나는 어떤 길을 가고 싶은지, 그 길을 누구와, 어떻게 가고 싶은지 찾는 데 오랜 시간이 걸렸다. 거의 10년쯤. 졸업하고

책임감이란...
아오 죽겠네
나...
잘못 온거 같아
이 길이 맞나...
느리군...

바로 취업에 성공했을 때만 하더라도 인생이 직선으로 나아가고 있다고 생각했지만, 그렇다고 더 빨리 도착한 것 같지는 않다. 그러니 조금 헤매고 있더라도 늦은 것이 아니다. 누구나 답해야 하는 인생의 질문이 있는 거다. 성실히 그 질문에 답하지 않으면 인생은 언제고 다시 후진하게 된다.

3화

이렇게 살기는 싫어서

회사 생활을 하면서 알게 된 중요한 사실, '이렇게는 일하기 싫다'는 나만의 기준을 발견한 것. 좋아하는 게 뭔지 모르면 싫은 걸 찾는 게 더 빠르다는 조언은 정말 맞는 말이다. 일하면서 유독 스트레스를 많이 받는 부분을 정리해보니, 딱 세 가지였다. 나는 이렇게 일하는 게 싫었다.

1. 상대를 쪼아가면서 성과를 얻는 것. 배려와 상식을 바탕으로 일하는 건 불가능한가? 갑과 을이 아닌 협업의 관계

에서 일하고 싶다.

2. 왜 해야 하는지 이유를 모르는 일. 돈이 된다고 다 하는 건 싫다.
3. 일로 꽉 채운 하루. 일만 하면서 살고 싶지는 않다.

가끔 내 나이보다 훌쩍 앞서 가 있는 사람들을 보며 상상한다. 30년, 40년 후에 나는 어떻게 살고 있을까? 내 주변의 부유한 사람이든, 가난한 사람이든 주어진 하루는 비슷하다. 아침 준비를 하고, 샤워를 하고, 집을 조금 돌보고, 외출을 하거나 집에 머물러 있거나. 여가시간에는 돈이 안 드는 운동을 하거나, 돈이 좀 드는 운동을 하거나 둘 중 하나다. 당연히 돈이 많으면 좋겠지만, 그렇다고 엄청나게 많은 돈이 필요한 것도 아니다. 방법은 다양하고 선택지는 많다.

가장 중요한 건 삶을 이어가는 의지다. '이렇게 살고 싶다'는 명징한 생각 같은 건데, 나는 거의 서른이 될 때까지 그런 생각을 한 번도 해본 적이 없었다. 어떤 사람은 반려동물과 시간을 보내면서 에너지를 충전하고, 어떤 이는 작은 정원에서 휴식을 취한다. 부모는 그들의 아이를 보며 좀 더 잘 살아야겠다고 다짐한다. 삶을 이어지게 하는 것들은 결국 이런 것이었다. 돌이켜보니 나는 '일'에만 너무 많은 시간을 쓰고 있었다.

나는 어떻게 (일하면서) 살고 싶은가?
다시, 앞서 언급한 세 가지 순위를 거꾸로 매겼다.

1. 일 이외에 내 삶을 이어가게 하는 것을 찾을 것.
2. 돈을 벌기 위해 하는 일을 부끄러워하지 말되, 내 가치관이 뭔지 꾸준히 생각할 것. 그러나 내 가치관만 추구하다가는 굶어 죽을 수 있으니 고집은 적당히 부릴 것.
3. 조직을 벗어나 내 힘으로 다른 사람과 협업할 수 있는 사람이 되는 것, 그것에 많은 시간과 노력을 투자할 것.

이번에는 한번 그렇게 살아보기로 했다.

4화

여행을 떠나 쓴 일기

"여행은 일과 생존투쟁에 제약받지 않는 삶이 어떤 것인가를 보여 준다." _알랭 드 보통, 정영목 옮김, 《여행의 기술》, 이레, 2004.

퇴사하고 한 달 남짓 여행했다. 여행 중 내가 가장 많이 한 일은 기록하는 것이었다. 무엇을 봤고, 무엇을 생각했는지 끊임없이 썼다. 그 메모를 읽으면 일과 생존투쟁에 제약받지 않는 나의 삶이 어떤 모양인지 알 수 있을 것 같아서.

오늘의 숙소는 에어비앤비에서 찾은 스위스 트루디 할머니네 집이다. 9시쯤 일어났는데 할머니는 이미 일하러 나가시고 없었다. 집 안 구석구석에는 메모가 적혀 있었다.

'Good morning. Help yourself.'
(차와 커피를 마실 수 있게 준비해두셨다.)
그리고 집 문은 두 번 돌려야 잠기니
꼭 두 번 돌리라고.
(어젯밤에 내가 제대로 안 잠갔나 보다.)

커피 한 잔, 비스킷 하나가 오늘의 아침이다. 비스킷에서는 종이를 씹은 것처럼 아무 맛도 나지 않았다. 이렇게 맛없는 비스킷이라니. 커피만 마시고 밖으로 나왔다. 아무 계획이 없는 게 계획이다.
숙소 근처인 호르겐Horgen역 앞의 호수 벤치에 앉았다. 동양인은 거의 눈에 띄지 않았다. 그래서인지 마트에서 계산할 때도, 길을 걸을 때도 사람들의 시선이 닿는 게 느껴졌다. 움직일 때마다 괜히 긴장돼서 벤치에서 앉아 책을 읽었다. 기분이 조금 나아졌다.
취리히 시내로 나가보기로 했다. 공원이 많아 보이는 역에 내렸는데, 웬걸 완전 대도시다. 양복을 쫙 빼입은 사람들로 가득한 빌딩 사이를 걷고 있으니, 나만 직업이 없는 사람 같았다. 2015년 11월 11일 수요일

묵고 있는 호텔이 너무 마음에 든다. 이유는 단순하다. 비싸서 그런 것 같다. 무리했나.
카드 잔액을 조회해본다. 쓸쓸한 숫자들을 헤아리고 있자니 온갖 잡생각이 날아든다.
슬슬 여행이 끝나가는가 보다.
2015년 12월 4일 금요일

오늘은 일찍 일어나 철학자처럼 걸어보기로 했다. 앞으로 뭘 하면서 어떻게 살면 좋을까. 당장 답을 구할 수는 없겠지만, 이 질문은 계속 품고 살아야 한다는 건 알 것 같았다. 2015년 12월 6일 일요일

일 바깥에서 지내면서 놀랍게도, 나는 별로 하고 싶은 게 없었다. 조금만 쉬면 금세 뭔가 하고 싶은 게 생길 줄 알았는데, 전혀! 긴 여행에서 딱 하나 얻은 게 있다면 스스로를 멀찍이 떨어져서 바라보는 시간이었다.

나는 남들이 알아주는 회사에서 일하거나 대단한 작업을 하는 디자이너가 되고 싶은 게 아니었다. 정말로 중요한 건 그런 게 아니었다. 내가 좋아하는 사람들과 더 많은 시간을 보낼 수 있는 사람. 나는 그런 사람이 되고 싶었다.

나는 낯선 세상 속에서 인터넷에 검색해도 알 수 없는 사실을 깨달았다. 좋은 복지 환경에 사는 이들도 우리와 별반 다르지 않았다. 그곳에서도 미친 듯이 돈을 버는 사람이 있고, '한량'처럼 사는 사람도 있다.

아주 사소하고 별거 아닌 것에도 즐거워할 줄 아는 사람이 정말 행복하게 사는 법을 아는 것 같다. 주말마다 가는 축구 경기에서 응원하는 팀이 이기든 지든 상관없이 즐기는 사람들, 지나가는 사람이 저절로 미소 지을 만큼 열심히 자기 집 창문을 꾸미는 사람들, 자신의 행색에 개의치 않고 자유롭게 거리

를 활보하는 사람들… 그런 사람들이 유독 오래 기억에 남았다. 아직까지 어떻게 살아야 할지 잘 모르겠지만, 최소한 좋은 기분으로 살고 싶다.

5화

인디밴드가 만드는 음악처럼

요 며칠 새로 알게 된 인디밴드가 있다. 내가 첫 회사에 입사했을 즈음 그들은 밴드를 만들어 자기만의 음악을 시작했다. 그들에겐 늘 지금 무슨 음악을 하고 싶은지가 중요했다. 이다음 앨범에 어떤 이야기를 담을지 예상할 수 없는 것처럼 나도 그렇게 한번 살아보고 싶다.

2016년 11월 11일 금요일

"독립영화와 상업영화의 차이가 뭐예요?"

"예산 규모의 차이죠. 적은 예산으로 찍을 수 있으면 독립영화, 그 범위를 넘어가면 상업영화."

독립영화가 공상과학 영화나 시대극처럼 하나의 장르인 줄 알았던 때가 있었다. 특정한 시공간을 배경으로 하는 여타의 장르적 특성처럼 주로 일상의 공간과 테마를 다루는 독립영화도 그렇게 생각했던 것 같다. 하지만 여기서 독립의 핵심은 '적은 예산'인 것 같다. 자본과 권력으로부터 독립해서 하고 싶은 이야기를 눈치 보지 않고 마음껏 하는 것. 독립의 사전적 의미도 그렇다. 남의 도움이나 속박을 받지 않고 혼자의 힘으로 일을 해나가는 상태가 되는 것.

넉넉지 않은 예산으로도 꼭 하고 싶은 이야기가 있다는 건 뭘까? 수입을 보장하지 않는 일을 계속한다는 건? 그런 생각과 행동은 어디서부터 나오는 걸까?

심장이 뛰는 일을 스스로 만들어보겠다고 퇴사해놓고는 대기업 이직 제안에 다시 심장이 두근거렸다. 인간의 마음이란 얼마나 간사한지…. 결국 이직하려는 마음을 완전히 접었다. 그런 결심을 하게 된 계기는? 딱히 없다. 아니, 어쩌면 인디 음악을 듣기만 하다 문득 '나도 저런 방식으로 일을 하면 어떨까?' 하고 떠올렸던 그 순간, 그때였을지도.

다음 앨범에 무슨 이야기를 담을지는 아직 모르죠

두 번째,

월급 말고 돈 좀 벌어보려다가

6화

퇴사의 맛

퇴사 후 계획에 대해선 가족들에게 말하지 않았다. 이야기해봤자 바뀌는 것도 없기 때문이다. 누군가 말했다. "당신의 목표는 그것을 성취할 수 있도록 도와주는 사람들과만 공유하는 것이 좋다." 엄마는 내가 무슨 일을 하는지 알려고 하지 않았지만, 회사엔 직원이 몇 명이나 있냐고 항상 물어보셨다.

2016년 5월 20일 금요일

하고 싶은 일에만 온 마음을 싣고 싶어 회사를 박차고 나온 지 5년째. 지나온 시간을 돌이켜보니 멀미가 날 것 같다. 작은 성공과 여럿의 실패에 지쳤다. 새로운 뭔가를 할 에너지조차 바닥났다. 사람들은 하고 싶은 일을 하며 사니 좋지 않냐고 하지만, 그간 내가 버틸 수 있었던 건 의지나 열정 같은 게 아니었다. 오로지 월급 덕분이었다.

2021년 3월 7일 일요일

내 힘으로 직접 돈을 만드는 법을 배우고 싶었다. 월급처럼 일정하게 정해진 금액이 아닌, 내가 일한 만큼 확장할 수 있는 크기의 돈! 기왕이면 좋아하는 일을 하면서 돈을 버는 게 어떤 느낌인지 알고 싶었다. 결코 쉬울 거라고는 생각하지 않았고, 처음부터 잘되리라는 기대도 안 했다. 물론, 5년을 해도 못할 거라는 생각도 안 했지.

운 좋게도 나와 비슷한 생각을 하는 사람이 내 주변에 딱 한 명 있었다. 우리가 정말 잘할 수 있을지, 무엇을 할지, 심각하게 고민했지만 계약은 단순했다. 프로젝트의 모든 디자인 업무, 콘텐츠 제작 등은 내가 맡아서 하고, 매달 최소한의 생계비와 책 사고, 영화 보고, 맥주 한잔할 비용을 조금 더해서 월급을 받기로 했다. 이제부터는 누가 시키는 일이 아닌 주도적으로 해야 할 일을 찾아야 한다. 그게 내 월급의 이유이고 책임이다.

퇴사의 맛은 달콤했다. 내 회사를 만들고 나니 뭐든 하고 싶은 대로 할 수 있었다. 출퇴근 시간부터 퇴근하기 전까지 모두 내 선택이었다. 하루에 얼마큼 일할 건지, 무슨 일을 할 건지,

무엇을 안 할 건지. 계획한 대로 얻을 수 있는 유일하게 달콤한 맛이었다. 매출과 이익만 빼고.

우선 출퇴근 시간부터 정했다. 붐비지 않는 시간대에 이동하는 건 정신건강에 매우 중요한 일이었다. 브랜드 이름을 만들고, 로고를 만들고, 어떤 가치관으로 일할 건지 생각을 정리했다. 비즈니스 구조를 만들기 위해 도움이 되는 책을 꽤 많이도 찾아 읽었다. 하지만 큰 수확은 없었다. '그저 인디밴드가 앨범을 만드는 것처럼 프로젝트 단위로 일을 해보자.' 머릿속에 아주 단순한 개념을 집어넣고 시작했다.

그 시절 내 책상 한쪽 벽면에 마크 로스코의 그림 엽서와 앤서니 브라운의 일러스트레이션이 그려진 봉투를 나란히 걸어두었다. '잊지 말자. 내 취향은 이런 거야.' 어떻게든 나의 취향을 만들어가려고 했던 시기, 그 그림들은 일종의 최면 같은 게 아니었을까. 내가 선택한 물건이, 경험한 것들이 조금씩 내 취향을 만들어갔다. 그렇게 쌓인 것들이 내 자산이 되었지만, 문제는 여기서부터 시작되었다. 고객이 원하는 걸 궁금해하기보다 내가 좋아하고 잘하는 게 뭔지 궁금했던 것. 그렇게 몇 번의 프로젝트를 만들고 나니 이런 생각이 들었다. "내가 지금 사업을 하는 건가? 예술을 하는 건가? 도대체 뭘 하고 싶은 거지?"

내가 좋아서 시작한 일을 남들도 좋아해준다면 좋겠지만, 그건 내가 컨트롤할 수 있는 영역이 아니었다. 아무튼 엉망진창이었다. 뭐든 할 수 있는 자유를 얻었지만, 실패와 시련도 같이 따라왔다. 하늘을 유영하는 새를 바라보며 그 자유로움을 부러워했을 뿐 실제 그 뒤에 숨은 위험과 불안을 들여다본 적은 없었다.

무엇보다 두려운 건 주기적으로 찾아오는 스스로에 대한 의심이었다. 때마다 찾아오던 퇴사 욕구는 사라졌지만, 더욱 절망적인 생각이 그 자리를 메웠다.

'네가 정말로 할 수 있겠어?'

7화

돈을 버는 네 가지 방식

"돈 버는 방식에는 네 가지가 있대."

"뭔데?"

"월급쟁이, 자영업자, 사업가, 투자자. 근데 웃긴 게 뭔지 알아? 나는 이제 겨우 월급쟁이에서 벗어나서 내 사업을 한다고 생각했는데, 그게 아니었어. 나는 내 일을 하는 게 사업인 줄 알았는데."

"그럼 뭔데?"

"진짜 사업은 내가 일하는 게 아니라, 남에게 맡기는 걸 좋아해야 하는 거래. 나는 혼자 모든 일을 다 하려고 했고, 그걸 좋아하는 사람이었던 거야."

돈을 버는 방식에 네 가지가 있다는 걸 그 유명하다는 책[•]에서 여러 번 읽었다. 돈을 벌면서 다시 읽어보니 머릿속으로 이해한 것과 다르게 실제로 내가 어떻게 살고 있는지 체감할 수 있었다. 돈을 버는 방식을 바꾼다는 건 나의 가치관이나 성향, 생각하는 방식까지 완전히 바뀌는 걸 의미했다.

"그건 맞지. 근데 꼭 그렇게 딱 나눠서 봐야 하나? 한 다리 걸쳐 있을 수도 있고, 여러 개를 할 수도 있는 거지. 좌표에 자기만의 점을 찍으면 된다고 생각해, 나는."

아무래도 친구의 말이 맞는 것 같다. 사람마다 가치관은 다르고, 뭐가 정답이라고 할 수도 없다. 게다가 요즘은 누구나 원

• 로버트 기요사키, 안진환 옮김, 《부자 아빠 가난한 아빠 2》, 민음인, 2012.

취업했다!
EMPLOYEE / 월급쟁이
시스템을 만들어야 해
BUSINESS OWNER / 사업가
이건 저 아니면 못하죠!
SELF-EMPLOYEE / 자영업·전문직
잠자는 동안에도 돈이 들어오는 방법을 찾아야…
INVESTER / 투자가

하는 정보를 쉽게 얻을 수 있어서, 이렇게 평범한 나조차도 돈 버는 방식의 사분면을 조금씩은 다 경험해보았으니까.

시간이 돈을 벌어다 준다. 근무시간이 나에게 월급을 줬고(안정적), 땀 흘려 흙 묻히고 식물 팔던 시간은 매출이 되어 수익을 가져다줬다(불안정). 그림을 그려서 포스터를 만든 시간도 나에게 돈을 가져다줬다(불안정). 매일 시간을 내서 글을 쓰고 책을 냈으니 인세도 물론 들어온다(매우 불안정). 가끔 저자 북토크나 드로잉클래스처럼 나의 경험과 재능을 나누고 돈을 받기도 한다(불안정). 저축해둔 돈에 이자가 붙는 것이나(안정적이지만 시시), 주식에서 수익이 나는 것이나(불안정이며 예측불가능), 부동산 가격이 오르는 것도(아… 갖고 싶다) 결국 시간이 만든다. 다만 내 시간을 쓰느냐, 아니면 시간이 스스로 굴러가게 하느냐 그 차이일 뿐이다.

안정적이지만 시시하게 번 돈, 불안정하고 예측 불가능하게 번 돈… 모두 소중하지만, 그중에서 제일은 내가 쓰고 싶은 방향으로 시간을 쓰고 거기에서 만들어지는 돈. 그게 나에겐 최고다.

8화

초심자의 행운

일주일 동안 14,000개의 흙을 소분해서 담았다. 모든 게 사람 손으로 하는 일이라 완전히 체력전이었다. 게다가 살아 있는 식물을 미리 포장할 수 없어 택배 아저씨가 도착하는 오후 5시 전에 모두 끝내야 했다. "이번에는 수익이 좀 나온 거 맞죠?" "그렇죠. 진짜 이번에 땀으로 얻은 노동이 뭔지 알게 되는 경험이었어요." "그러니까요. 근데… 다음에도 이런 주문이 들어오면 어떡하죠?" 2017년 9월 2일 토요일

판매의 기본 원칙은 '남들이 필요로 하는 것을 파는 것'이다. 아니, 그렇다고들 한다. "이런 것도 있으면 좋을 걸요?" 하는 상품을 파는 건 조금 더 높은 레벨이었다. 나는 처음에 식물을 팔았는데, 그중에서도 사람들에게는 조금 생소한 식물 키트를 팔았다. 인구가 100명이라면 식물을 사는 사람이 15명은 될까? 그중에서도 내가 파는 다육식물을 좋아하는 사람은 2~3명 정도인 것 같다. 그때는 그걸 몰랐다. 시장의 기본도 모르는 초보 장사꾼이었다.

파는 데 소질이 없다는 건 지난 5년간의 매출을 보면 알 수 있었다. 정말 이렇게 소질이 없을 수 있나 싶을 정도였다. 이를테면 내가 요리사라고 치자. 처음 가게를 열었는데 내가 선보이고 싶은, 낯설고 비싼 요리만 메뉴판에 적어놓고 손님을 기다렸던 거다. 익숙한 짜장면, 짬뽕, 탕수육을 내놓지 않고 유산슬, 난자완스, 팔보채 같은 것만 잔뜩 준비해놨으니 아주 소수의 손님만 조용히 먹고 가셨다. 장사를 너무 쉽게 봤던 거지. 판매의 기본도 모르면서 브랜딩, 아이덴티티, 디자인이 중요하다고 떠들다가 크게 혼쭐난 셈이다. 디자이너라서 배운 게 그

좋아하겠지…?!

것뿐이었다는 건 핑계겠지만.

그러던 어느 날, 아무것도 모르고 시작한 장사꾼에게 초심자의 행운이 찾아왔다. 팔보채를 하고 남은 재료로 만든 간단한 에피타이저 같은 걸 메뉴에 슬쩍 올려놨는데, 애석하게도 그 주문이 가장 많이 들어온 것이다. 모 브랜드에서 신제품 출시를 기념하여 이벤트로 식물키트를 만들고 싶다고 했다. 처음으로 규모의 경제를 살짝 맛보았다. 단기간이었지만, 월급 이상의 매출과 수익이 발생했다. 너무 기쁘고 신나서 꼬박 한 달을 이 일에만 매달렸다. 어떤 날은 밤을 새워가며 포장과 씨름했다. 그마저도 손이 모자라 가족, 친구, 지인이 모두 총출동해 도와줬다. 그 노동력을 생각하면 수익률이 괜찮은 건지는 모르겠다. 어쨌든 '아, 이렇게도 먹고살 수 있구나?' 하는 생각이 들었다.

하지만 문제는 계속 이런 식으로 일할 수는 없다는 거였다. 이 일을 한 달만 하고 말 건 아니니까. 일에도 우선순위가 필요했다.

9화

내가 좋아하는 일이 돈이 안 될 때

"사람들이 좋아하는 걸 해. 사람들에게 필요한 걸 팔아. 돈이 되는 걸 해봐. 너 혼자만 좋아하는 거 말고."

나도 잘 팔고 싶었다. 어떻게 하면 잘 팔 수 있는지 책도 열심히 읽고, 영상도 보고, 잘 파는 사람들이 하는 수많은 말을 찾아 들었다. 잘 파는 방법을 요리조리 좇다 보니 내 앞에 전혀 예상치 못한 질문 하나가 떡하니 버티고 서 있었다. 이 모든 게 내가 좋아하는 일로 돈을 벌자고 시작한 일인데, 정말 가능한 걸까? 애초에 나는 이 사다리 게임에서 영 틀려먹은 출발을 한 게 아닐까?

일단, 다육식물 농장에 갔을 때 사장님과의 대화에서 알아차렸어야 했다.

"사장님, 이거 너무 귀엽네요!"

"에? 그거 진짜 인기 없는데, 취향 독특하네."

(이 불쌍한 식물의 이름은 공개하지 않겠다.)

같이 작업하는 친구들에게 내 플레이리스트를 틀어줬을 때 알았어야 했다.

"하아아암(하품), 너 이런 노래 좋아하는구나?"

(이 안타까운 노래의 제목은 공개하지 않겠다.)

그때 알았어야 했는데.

남의 말도 좀 들어야 했는데.

내가 좋아하는 걸로는 절대 돈을 벌 수 없을 거라고 생각하니 마음 한가운데가 푹푹 꺼지는 것 같았다. 무너진 마음이 자신감도 떨어뜨렸다. 약도 없는 병에 걸렸다. 다친 건 팔인데 어째 다리까지 아픈 것 같았다. 어느새 무기력이 온몸에 전염되었다. 잠만 쏟아졌다. 아무것도 하는 거 없이 하루하루를 보낼 때 다른 사람들은 자기 위치에서 열심히 달리는 것만 같았다. 나 혼자만 멈춰 서 있었다. 그런 기분일수록 증상은 더욱 악화되었다.

이런 증상이 호전된 건 다른 사람들의 말에 귀를 기울이기 시작하면서부터였다. 한동안 자기 고민에만 빠져 있다 보니 자기 객관화가 전혀 되지 않았다. 객관적으로 상황을 바라봐줄 외부의 시선이 필요했다. 주변에서 그런 친구를 고르는 법은 간단하다. '구린' 것을 '구리다'라고 솔직하게 말해줄 수 있는 사람. 특히 평소라면 절대 입어보지 않을 법한 옷을 추천해주는 사람이 있다면 그의 말을 한번 들어보자. 내가 미처 보지 못한 나의 새로운 구석을 발견해주는 사람일 확률이 높기 때문이다. 내가 어렵고 힘든 점을 토로할 때, 무조건 "힘내. 너는 할 수 있어. 잘될 거야"라고 말하는 사람보다 뭐가 별로인지, 뭐가 나에게 더 잘 어울리는지 말해주는 사람. 때로는 그들의 말에 도움을 받았다.

특히 나에게 도움이 되었던 말은 이런 것이었다.

"나는 네가 이런 거 할 때 재밌더라고."

"너 이거 말할 때 표정이 완전 다른 거 알아?"

사업적으로 뭐가 더 낫다는 둥 얕은 지식으로 던지는 말이 아니었다. 나를 오랫동안 애정으로 깊게 들여다봐준 사람만이 해줄 수 있는 이야기였다. 내가 보지 못하는 나의 뒷모습을 봐주는 사람들. 내가 할 수 있는 일은 그들에게 귀와 마음을 활짝 여는 것이었다. 내 스타일이 아니라고 쳐다보지 않았던 것도 자꾸 시도해봐야 다른 가능성이 열릴 수 있지 않을까. 모두에게 두루두루 잘 어울리는 옷은 대량으로 쏟아진다. 매장 한쪽 구석에서 누가 이런 걸 입나 싶은 옷을 집어보는 사람이 자기만의 독특한 구석을 발견할 수 있지 않을까.

10화

자꾸 신경 쓰여, 남의 시선

사람들은 의외로 평범한 삶을 추구하는데, 그 평범한 삶에도 세 종류가 있다고 한다.

1. 화장했지만 안 한 것처럼 보이고 싶어 하는 반전 추구형.
2. 평범한 것 같지만 절제된 아름다움을 추구하는, 사치의 진화된 모습의 개성 추구형.
3. 남의 시선이나 선택에 의존하는 안전 추구형.

유명하지만 조용히 살고 싶고, 조용하지만 잊히긴 싫고, 소박해 보이지만 궁상맞은 건 싫고, 부유하지만 우아한 안분지족의 삶을 사는 것처럼 보이고 싶은 그런 마음이랄까. 평범하다는 건 뭘까? 평범하다는 기준은 어떻게 정해야 할까. 나는 평범한가? 그런 생각을 하고 있을 때, 친구가 나에게 말했다. "야, 너 진짜 특이해." 아니, 난 그저 조용하고 평범하게 살고 있다고 생각했는데!

친구가 그렇게 말한 데에는 이런 이유가 있었다. 우선, 퇴사 후에 재취업하려는 노력을 그만두었다는 것. 무슨 꿈을 꾸는 것 같긴 한데 그게 뭔지는 모르겠지만, 계속 그걸 찾겠다고 돌아다니는 것. 금방 지쳐서 현실로 돌아올 줄 알았는데, 남들 시선 신경 쓰지 않고 자기 '쪼'대로 사는 것. 뭐 그런 것.

듣고 보니 맞는 말이긴 하다. 나는 남의 시선을 잘 신경 쓰지 않는다. 남의 말도 잘 안 듣는데, 시선 따위…. 아니, 근데! 사실은 언제부턴가 신경 쓰인다. 안 쓰는 것처럼 보이는 것뿐이지. 내 인생의 방향타를 스스로 잡아보겠다고 결심한 이후부터 나는 아이러니하게도 남의 시선을 신경 쓰기 시작했다. 특히 이런 질문을 받을 때마다 안절부절이다.

"무슨 일 하세요?"
"요즘 뭐 하세요?"

묻는 이가 누구든 상대에게 잘 보이고 싶다. 무시당하고 싶지 않고, 중요한 사람이라고 여겨줬으면 좋겠다. 아니면 최소한 이런 인상을 심어주고 싶다. '너 꽤 괜찮은 사람이구나.'

어른이 되어 '나'를 설명하는 것 중에 직업만큼 간편하고 확실한 게 또 있을까. 손바닥 크기보다 작은 명함 하나를 두고 쉽게 어깨가 으쓱해지기도, 움츠려들기도 한다. 누구나 들으면 다 아는, 번듯한 회사에 다니는 사람에게는 뭔지 모를 자신감과 안정감 같은 게 느껴진다. 물론 그런 안정감은 명함 자체가 주는 것만은 아닐 테다. 그곳에 들어가기 위해, 그리고 거기서 살아남기 위해 얼마나 많은 노력과 시간과 인내가 필요했을까. 인정!

스스로 만든 명함을 쑥스럽게 내밀 때 내가 잊지 말아야 할 것은 '셀프 인정'이다. 자신감은 스스로 줘야 한다.

안팎으로 한참이나 인정투쟁에 시달리고 나서야 나는 내가 하는 일에 좀 편안해졌다. 내가 뭐 하는 사람인지 한마디로 정리할 수 있게 되었을 무렵, 나는 또 다른 문제에 봉착했다. 평범하지 않은 나는 곧 특별하다는 착각.

남의 시선이 신경 쓰일 때마다, 그리고 나의 자의식이 미쳐 날뛸 때마다 정신 차리기 위해 다음 두 가지 생각을 떠올린다.

1. 목표를 이루기 전에 목표를 이룬 사람처럼 행동하지 말자.
2. 고상한 척하지 말고 가감 없이 드러내자. 내가 뭐라고! 아무도 신경 쓰지 않는다.

11화

올해도 찾아왔어요, 슬럼프

"또 했어?"

이 말을 들었을 때 폭삭 주저앉았다. 아, 하지 말걸 그랬나. 아무것도 안 했으면 이런 일도 없었을 텐데. 무기력했다. 기대가 실망으로 바뀌는 순간이었다. 새로운 마음으로 준비한 프로젝트라 이번에는 정말 잘될 줄 알았다. 아니, 빵 터지지는 않더라도 앞으로의 방향타가 되어줄 유의미한 결과물이 되길 바랐다. 퀄리티에도 신경을 많이 썼고, 기획 단계에서부터 여러 사람의 의견을 듣고 보완했다. 결과는? 별로였다. 내가 예상했던 고객에게 제대로 다가가지도 못했고, 주변 지인들만 강매하는 상황이 계속됐다. '나 이런 건 필요 없지만, 그냥 네가 하는 일 응원하고 싶어서….' 정말 괜찮다고, 안 사도 된다고 차마 말하지도 못했다. 그저 고맙다고 했다. 미안했다. 점차 내가 벌이는 일들에 대한 확신도 사라졌다.

그런 와중에 여행도 가고, 뮤직페스티벌도 가고, 데이트도 했다. 힘들다더니, 뒤에선 놀건 다 놀았다. 아직 설익은 실패라도 위로받고 싶고, 그럼에도 혹시나 잘되길 바라는 내가 꼴 보기 싫었다. 열심히 하지도 않으면서 잘되길 바랐다. 진짜 쪽팔렸다.

하지만 한참 뒤에야 깨달았다. 그런 자책들 역시 내 마음을 몰아세우는 것이었음을. 실패의 연속인 가운데도 여행을 가고 데이트를 했던 것은, 그 시간들이 나에게 필요했기 때문이다.

어떤 일이 안 되는 이유를 찾는 건 너무 쉽다. 잘되는 이유를 찾는 것만큼이나. 평가는 누구나 할 수 있다. 바라던 일이 뜻대로 되지 않아 마음이 상한 사람에게 뭘 더 해보라는 말은 먹히지 않는다. 왜 실패했는지는 스스로가 더 잘 알고 있으니까. 슬럼프는 잘해도 오고, 못해도 온다.

어느 날 갑자기 세상 모든 사람에게 한꺼번에 슬럼프가 찾아온다면 어떻게 될까? 식당 주인이 문을 닫아 외식조차 할 수 없다면? 마트 가게 사장님이 신선한 식자재를 가져오지 않아서 인스턴트 식품만 먹어야 한다면? 선생님이 학교에 나오지 않아서 학생들이 빈 교실에 앉아 있다면? 버스나 기차를 타고 어디로 갈 수도 없다면? 그러고 보면 우리는 누군가의 노동과 생의 의지에 기대 살고 있다. 누군가 아무것도 하지 못하고 있을 때, 조금이라도 더 에너지가 있는 사람이 세상의 엔진을 돌리는 것 같다.

지금 좀 망한 것 같고, 다시 시작하고 싶고, 처음 결과물이 쪽팔려서 숨기고 싶고, 모두 없던 일로 하고 싶을 때도, 그럼에도 꿋꿋이 계속하는 이유는 그래야 길게 봤을 때 이 엉망진창의 결과물이 별거 아닌 게 아닐 것 같아서다. 나는 처음부터 뭔가 빵 터지게 하는 사람이 아니라는 걸 알게 된 순간부터 그냥 그렇게 하기로 했다. 슬럼프가 오든지 말든지.

"무언가 하지 않는 시간도 굉장히 중요한 거예요."

팟캐스트를 듣다가 이 문장에서 멈칫했다. 슬럼프에 빠져서, 또는 계획한 대로 되지 않아서 자신감이 없어진 사람에게 해줄 수 있는 최선의 말이 아닐까. 나에겐 그랬다.

오래 지켜보던 인디밴드가 어느 날 싱어송라이터가 되었다. 다른 멤버들이 하나둘 탈퇴하자 홀로 남은 리더는 꽤 힘든 시기를 보냈다고 한다. 나도 그와 비슷한 시기를 겪고 있었다. 그 밴드는 '나만 알고 싶은' 가수였는데, 정말 나만 알면 망할 수도 있다는 걸 알게 되었다. (물론, 말이 그렇다는 거지 진짜 망한 건 아니다.)

처음 듣는 노래가 너무 좋아서 그 가수가 누군지 찾아보고, 앨범을 뒤져 다른 곡을 모두 들었는데, 그 노래 빼고는 다 별로일 때. 어쩔 수 없는 거 아닌가. 그냥 다음 앨범을 기다려주는 수밖에.

12화

불안 덕분에 무사히 도망칩니다

한 자연 다큐멘터리에서 인상적인 장면을 보았다. 멧돼지가 더 빠른 포식자에게 잡아먹힐 듯 말 듯 엄청난 속도로 도망치고 있었다. 멧돼지는 다행히도 목숨을 건졌다. 긴 추격전 끝에 차분한 내레이션이 이어졌다.

“멧돼지가 무사히 도망칠 수 있었던 이유는 ‘불안’ 때문입니다.”

불안은 없애야 하는 것, 떨쳐내야 하는 것이라 생각했는데, 생존에 꼭 필요한 감정이었다. 잡아먹히지 않겠다는 의지와 불안 덕분에 멧돼지는 민첩함을 얻었다.

그러고 보니 불안할 때마다 도망치는 건 멧돼지만이 아니다.

나는 부정적인 영향을 주는 인간관계라면 늘 참지 않고 빠져나왔다.

이렇게 일하다 죽을 것 같다는 생각이 들 때는 회사에서 도망쳐나왔다.

더 재미있어 보이는 곳으로 부지런히 움직였고

구독자 3명뿐이지만
할 말이 있소!

세상 밖으로 글이나 그림을 열심히 쏟아내면서 멧돼지처럼 도망칠 근육을 단련하기도 했다.

언젠가 하고 싶은 게 이거라면
그냥 지금부터 해야겠다

무엇보다 욕심내지 않고 지금 내가 할 수 있는 걸 했다.

그럼에도 불안은 어디서든 그 모습을 드러낸다.

"저 사람이 날 안 좋게 생각하면 어떡하지."

"사람들이 실망하면 어떡하지."

"잘 될줄 알았는데 망하면 어떡하지."

걱정 고민은 그냥 묻어버리고

그럴 땐 혼자 웅크리지 말고 사람들을 만나 불안과 고민을 털어놓는다. 나를 믿고 지지해주는 관계 속에서 내 불안함도 조금씩 가벼워진다.

세 번째,

하고 싶은 일로 먹고살기

13화

아, 난 이렇게 하면 안 되는구나?

"청년은 늘 목표에 이르지 못합니다. 스스로 작성한 윤리 결산서는 계속해서 마이너스입니다."
"정말로 뛰어난 재능, 탁월한 업적이란 얼마나 드문지, 대단한 사건은 좋은 일이든 나쁜 일이든 얼마나 희귀하게 일어나는지…. 이제 무엇이라도 실현하기 위해서 반드시 필요한 전제조건이 무엇인지를 발견합니다. 그것은 끈기, 참을 줄 아는 힘입니다."

_로마노 과르디니, 김태환 옮김, 《삶과 나이》, 문학과지성사, 2016.

직업을 선택하는 일이란 용감함을 너머 무모한 짓이다. 평생의 업으로 삼을 만한 일을 20대에 결정한다는 게 가능한 일일까? 우리는 거의 아무것도 모르는 상태에서 직업을 선택한다. 대체로 많은 경우에 그 선택은 실패하기 마련이며, 다른 적성을 계발하거나 새로운 길을 찾게 된다. (운이 좋아서 처음 선택한 길이 너무 잘 맞는다면 아, 축하합니다.)

처음 선택한 직업을 포기하고, 하고 싶은 일로 돈을 벌기 위해 고군분투하던 3년차쯤 깨달았다. '아, 이렇게 하면 안 되겠는데?' 뭐든 너무 각 잡고 하면 징그럽게 느껴진다는 것. 무조건 잘되게 하고 싶은 마음이 굴뚝같지만, 그사이에 이런 게 삐죽 껴 있는 순간 모든 게 조금씩 틀어졌다. '이걸로 돈 좀 벌었으면 좋겠다.'

돈은 당연히 중요하지만, 일이 되게 하려면 돈은 눈치껏 빠져 있어야 한다. 물론 처음 일을 시작할 땐 돈이 1순위가 아니었다고 해도, 수입이 없는 상태에서 하루 이틀, 한 달 두 달이 지나면 마음이 요동치기 시작한다. '이렇게 하면 사람들이 좋아하지 않을까?', '요즘은 이런 게 반응이 좋은 것 같은데' 하는 다급한 마음이 들게 마련이다. 그러다 보면 어설프기 짝이 없고, 어디선가 베낀 것 같은 작품만 반복하게 된다. 어느 순간, 이런 작업물이 사람들의 관심을 끌 수 있을지 더는 확신할 수도 없게 된다. 그렇다고 지금 당장 할 수 있는 것도 없다.

'이렇게 하면 사람들이 좋아하지 않을까'라는 생각부터가 잘못이었다. 나처럼 '내가 하고 싶은 일'로 먹고살고 싶은 사람에게는 전혀 효과적이지 않은 방법이었다.

무언가를 실현하기 위해 꼭 필요한 것이 '끈기'라고 하지만, 그 과정에도 당연히 실패할 가능성이 있다. 끈기만 있다고 다 되는 건 아니니까. 하지만 그것조차 없다면 이룰 수 있는 건 아무것도 없다.

필명을 하나 만들어 새로운 계정을 개설했다. 이 정도 크기면 금방 채울 수 있겠다 싶을 만큼 작은 종이에 그림을 매일 하나씩 그려보기로 했다. 내가 좋아하는 것만 붙들고 있기보다 그냥 시작해보기. 그리고 계속하고 싶은지 지켜보기로 했다. 잘하는지 못하는지, 돈이 되는지 안 되는지는 따지지 말고 꾸준히 하는 힘을 기르는 것부터 시작해보는 거다.

14화

그림으로 먹고사는 방법

그림으로 먹고사는 방법에는 크게 세 가지가 있다.

1. 누군가를 가르치거나
2. 다른 사람이 뭔가를 같이 해보자고 하거나
3. 혼자서 뭘 좀 해보겠다고 하거나

첫 번째는 그리는 방법을 가르쳐서 돈을 버는 것이고, 두 번째는 의뢰를 통해 작업비를 받는 것이다. 세 번째는 내 마음대로 그렸는데 돈을 주고 사겠다는 사람들이 나타나는 것이다. 쉽지 않지만, 그림을 그리는 이라면 누구나 간절히 바라는 것일 테다. 그런데 이렇게 써놓고 보니 여기에서 '그림' 대신 뭘 넣어도 말이 된다. 예를 들어 수학을 잘하는 사람은 누군가에게 수학을 가르칠 수도 있고, 요청이나 제안을 받아 연구할 수도 있고, 더 알고 싶은 분야를 스스로 파헤쳐볼 수도 있다. 물론 세 가지를 다 하기도 한다.

요리사 데이비드 장은 이런 말을 했다.

"요리사에게는 나를 표현할 자유가 없잖아요. 유일한 자유는 집밥이나 전채요리 같은 걸 만들 때죠."•

맞다. 이 표현의 자유로움이 세 번째 방법에서 가장 중요한 요소다. 누가 시킨 것만 하다 보면 내 의지로 무언가에 도전하고, 실험하고, 결과물을 만들어내는 즐거움이 싹 사라진다. 지금 당장 돈이 되지 않더라도 이 방법을 지속하는 이유는 역시

• 〈어글리 딜리셔스〉, 시즌 1, 3화, '못생겨도 집밥' 편, 넷플릭스, 2020.

그 자유로움, 그 속에서 발견되는 새로운 가능성 때문이다.

"이런 스타일로 좀 그려봐", 혹은 (레퍼런스를 보여주며) "이렇게 그려줄 수 있어요?"라고 물을 때면 어떻게 답해야 할지 난감하다. "그건 안 됩니다. 제 스타일대로 하겠습니다. 그럴거면 다른 사람에게 맡기시죠"라고 해도 될까? 근데 대체 내 스타일이 뭐지? 딱히 그런 건 없는 거 같은데, 그냥 원하는 대로 해주기만 하면 되는 걸까? 그런 고민은 아무리 경력이 쌓여도 해결되지 않는다.

취향이 맞지 않는 클라이언트를 만나면 무척 괴롭다. "지금 니가 찬밥, 더운밥 가릴 때냐?"라고 해도 할 말은 없다. 하지만 나는 아무 밥이나 배부르게 먹으려고 회사 밖을 나온 게 아니니까. 뭐든 된다고 굽신거리던 태도를 바꾸기로 했다. 너무 저자세로 무엇이든 가능하다고 말하지 않되, 쓸데없는 고집은 부리지 않기로. 거절당하면 당장은 좀 궁핍하긴 하겠지만, 중요한 건 내가 바라는 방식대로 일이 굴러가게 하는 거다. 다시 요리를 예로 들자면, 짜장면을 주문한 사람에게 조금 다르지만 여전히 맛있는 짜장면을 내어주는 것, 익히 아는 맛인데 뭔가 다른 것, 그 아주 작은 차이를 만들어내는 것. 내 표현의 자유를 그런 식으로 슬쩍 비벼 넣으면 괜찮을 것 같다. 일단 지금은 그게 맞는 것 같다.

사실 이렇게 버틸 수 있었던 건, 어제의 내가 일을 해서 벌어둔 돈이 있어서다. 출근하기 싫어도 기를 쓰고 회사에 나가 일했던 그때의 내가, 오늘의 나에게 주는 기회다. 프리랜서 작업자가 되었다고 해서 당장 일이 쏟아지지 않는다. 혼자서 한 장 한 장 그림을 쌓아갈 뿐. 그렇게 작업이 꾸준히 쌓이고 나니 주변에서 내가 그림을 그린다는 걸 알게 되고, '내가 아는 사람 중에 그거 할 수 있는 사람 있는데' 하는 일이 하나둘 번져가면서 작업 제안이 들어오기 시작했다. 프리랜서 친구의 포스터를 그려줬고, 소설을 쓰던 작가님의 글에 그림을 그려줬고, 친구가 쓴 첫 책의 표지를 그려줬다. 회사에서 나온 외주 작업을 나에게 맡겨준 친구도 있었다. 이제 막 시작하는 사람을 믿고 일을 맡길 용기가 있는 사람들이었다.

내가 원하는 방식으로 느리지만, 차곡차곡 돈을 벌었다. 100만 원을 벌기까지 꼬박 3개월이 걸렸다. 하지만 액수보다 중요한 건 내가 바라던 방식으로 번 돈이라는 것이었다. 100만 원이 모였을 때, 나는 제대로 된 장비를 사러 갔다. 그림이 나에게 돈을 벌어다 줬으니 나도 투자를 해야지. 아이패드와 펜슬을 직접 가서 손으로 만져보고 구매했다. 할부 없이 바로 현금으로 결제할 때의 쾌감이란!

자기만의 방식으로 일하고 싶은 이들을 위해 마지막으로 데이비드 장의 말을 다시 한번 빌려와야겠다.

"우리가 성공했던 이유는 문을 닫을 예정이기 때문이었어요. 국수에 관한 상식이나 개념을 버렸죠. '누들 바'가 뭔지 누가 알았겠어요? 우린 요리하면 안 되는 걸 요리하기 시작했어요. 어느덧 못생긴 음식을 만들어도 괜찮은 경지에 올랐어요. 저만의 방식으로 만들었기 때문에 가능한 일이었습니다."

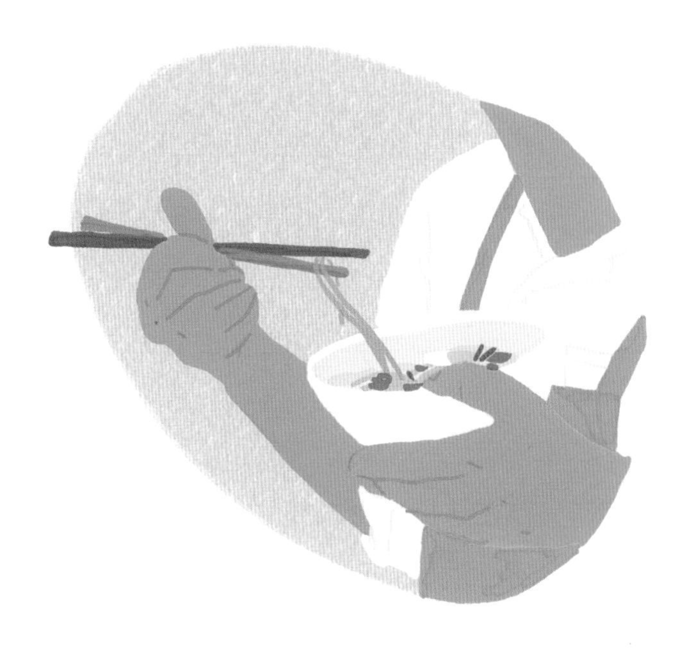

15화

나만의 스타일, 대체 그게 뭔데?

꾸준히 하고는 있지만 이렇다 할 성과도, 나만의 스타일도 없다. 일관되지 않은 결과물이 쌓여 이도 저도 아닌 것 같은 느낌이다. 도통 뭘 그려야 할지 모르겠다. 그저 그런 그림만 그는 사람으로 남을까 두렵다.

2019년 1월 14일 월요일

한 분야에서 성공한 사람들은 대체로 이렇게 말한다.

"나만의 방식을 찾아야 합니다. 남을 따라 하는 걸로는 결코 성공할 수 없어요."

자기만의 방식을 찾는 과정은 음식을 먹고 소화하는 것과 비슷하다는 생각이 든다. 소화하는 속도도 사람마다 다르고, 에너지를 어디에 쓸지도 모두 다르다. 이것저것 많이 먹으면 좋겠지만, 편식을 하더라도 어쩔 수 없다. 좋아하는 것만 먹기에도 너무 바쁜걸.

나만의 방식을 찾기 위해 먼저 꼭꼭 씹어 먹는 연습을 했다. 일단 가장 쉽게 접할 수 있는 책, 영화, 음악, 드라마, 그림, 전시, 강연 등 보고 듣고 경험할 수 있는 건 몽땅 흡수하는 것. 그리고 몰래 따라 해본다. 보고 듣고 느낀 게 아무것도 없는데 영감이 어느 날 갑자기 튀어나오진 않으니까. 어디선가 들었던 노래에서, 읽었던 문장에서, 보았던 장면에서 뭔가 해보고 싶은 마음이 삐져나온다.

글을 잘 쓰고 싶다면 좋아하는 작가의 책을 필사해보고, 왠지 끌리는 그림이 있다면, 따라 그리면서 질문한다. 왜 이게 좋을까? 어떤 점이 내 마음을 흔드는 걸까? 나만의 방식으로 표현하려면 어떻게 해야 할까?

여기까지가 일종의 '손 풀기' 과정이다. 이제 본격적으로 내 작업에 시동을 걸어본다. 경험하고, 자극받고, 연습도 많이 했으니 이쯤되면 뭔가 나오지 않을까? 하지만 그렇게 쉽게 될 리가 있나. 앞서 봤던 더 멋지고 세련된 작업물이 머리를 어지럽힌다. 그런 것에 비하면 내 작업은 그냥 쓰레기통에 처넣어도 아깝지 않다. 다른 이에게 보여주는 건? 꿈도 못 꿀 일이다. 따라 하는 건 쉽지만, 내 것으로 만드는 건 결코 쉽지 않다.

'어쩌면 나는 너무 평범하고 애매한 재능을 갖고 있는지도 몰라.' 자괴감에 빠져 자신감이 푹 떨어졌던 시기, 꾸준히 자기 작업을 하는 친구를 만났다. 나는 아무 말도 하지 않았지만, 표정에 고민이 드러났는지 이런 이야기를 했다.

"다른 작가들이랑 같이 전시를 하잖아? 그럼 아무래도 비교가 돼. 각자 스타일이 너무 다르니까. 누군가는 내 작업이 촌스럽다고 하더라고. 솔직히 그런 말 들으면 마음이 좀 그렇지. 근데 내가 깨달은 게 있어. 그래, 내 작업 촌스럽다 이거야, 근데 나처럼 이렇게 촌스럽게 할 수 있냐 이거야."

확신에 찬 표정으로 유쾌하게 넘겨버리는 친구가 멋있어 보였다. 자기만의 스타일을 세상에 선전포고하는 것처럼 용감해 보이기까지 했다. 저게 자기만의 방식을 찾아가는 태도구나.

'나의 스타일이란 무엇인가, 나의 그림체라는 게 있나, 얼마나 더 그려야 만들어질까…' 같은 고민은 쓸데없는 생각이었다. 작업이 쌓이고 쌓였을 때 비로소 만들어지는 것이지, 작정하고 계획한다고 되는 게 아니었다.

일러스트레이터로 40년째 활동하는 프랑스 작가, 세르주 블로크는 이런 질문을 많이 받았다고 한다. "어떻게 하면 작가님처럼 될 수 있나요?" 그를 인터뷰한 책에서 그 답변을 듣고 있으니 갈피가 조금씩 잡힌다.

"선생님으로 보이는 한 여성이 이런저런 이야기 끝에 이 문장을 덧붙였어요. '당신은 정말 그림을 못 그리는군요!' 통역가는 충격

을 받아서 차마 그 말을 통역하지 못했고요. '그럼에도 불구하고 용케 이야기를 들려주는 방법은 터득하셨네요. 그게 저에게 희망을 줍니다.' 이것이 지금껏 제가 들어본 가장 큰 칭찬입니다."

_최혜진,《유럽의 그림책 작가들에게 묻다》, 은행나무, 2016.

16화

구독자가 늘어나는 과정

사람들은 꾸준한 걸 참 좋아한다. 심지어 남이 꾸준히 하는 걸 지켜보는 것도 좋아하는 것 같다. SNS에 매일 그림을 올리기 시작한 지 3개월이 조금 넘었을 무렵, 이런 댓글이 달리기 시작했다. "진짜 꾸준히 하네요!", "이거 너무 좋아요!" '좋아요'의 평균 개수가 아주 조금씩 늘었다. 그들이 내 그림을 진짜 '좋아'했는지는 모르겠다. 하지만 매일같이 그림을 올리는 나를 응원한다는 건 확실히 알 것 같았다.

구독자가 늘어가는 과정을 그래프로 그려보면 이렇다.

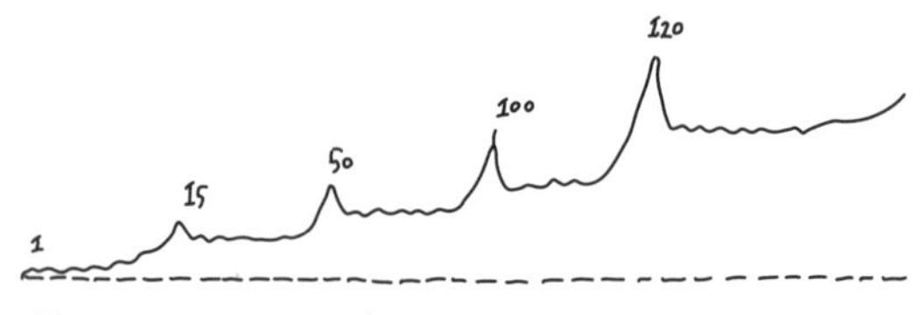

인스타그램 좋아요 수가 높아지는 과정

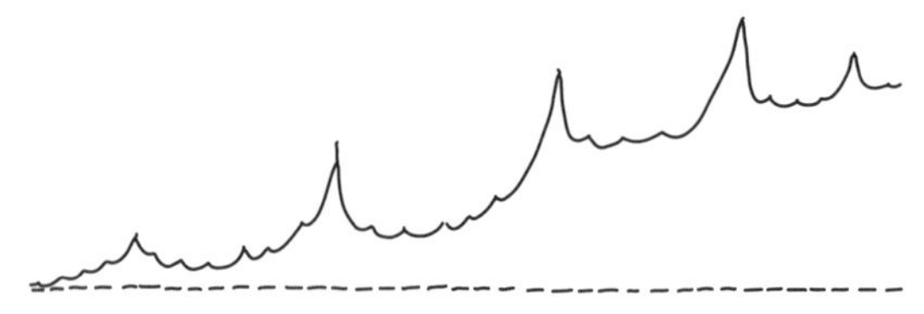

네이버 메인에 노출되면서 구독자가 늘어남

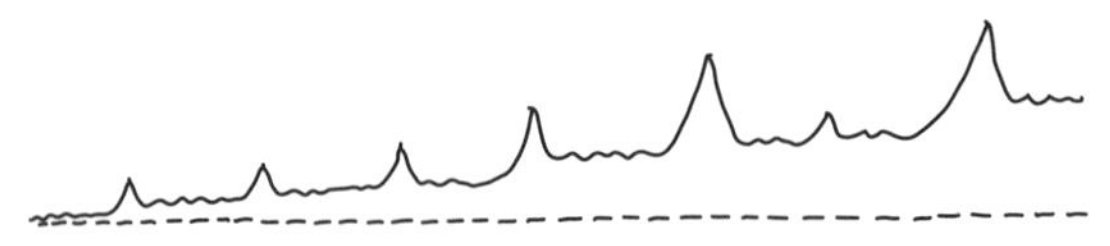

카카오 브런치에 글이 쌓이면서 조회수가 늘어나는 중

정체된 것 같을 때 인생 선배들은 이런 말을 해주었다. "지금 힘들지? 근데 원래 성장할 때는 천천히 곡선으로 올라가는 게 아니라, 정체된 듯하다가 계단 모양으로 팍 늘어. 원래 그래." 맞는 말이다. 그런데 실제로는 좀 더 이상한 모양의 계단이다.

처음엔 오르기 쉬운 계단처럼 한 단계씩 쉽게 올라갈 수 있다. 잘 정비된 공원 계단 같다. 그러다 점점 계단 턱이 높아지고 오르는 게 힘들어진다. 환승역이 많은 지하철 계단 정도다. 조금 숨이 차지만 뭐, 못 오를 정도는 아니다. 그렇게 수많은 계단을 넘을 만큼 넘은 것 같은데, 아직도 갈 길이 멀다. 어느덧 더는 걸어서 올라갈 수 없을 것 같은 높이에 다다른다. 팔에 있는 힘껏 힘을 주어야 겨우겨우 올라갈 수 있다. 어찌어찌해서 올라갔다 해도 그다음 계단을 마주하기까지는 또 한참을 가야 한다.

대체 왜 성장은 계단식인 걸까. 과연 어떤 지점에서 수직 상승하는 걸까. 꼭짓점을 들여다보니 공통점이 보였다. 반은 내가 컨트롤 할 수 있는 부분이었고, 나머지 반은 내 능력 밖의 일이었다. 간단히 말하자면 노력이 반, 운이 반. 일주일에 한 번씩 글을 써서 올린 것은 노력이고, 글이 포털 사이트 메인에 걸린다거나 많은 사람에게 발견되어 좋은 반응을 얻게 되는 건, 순전히 운이다.

노력과 운이 반복되면 감이 생긴다. 나는 어제도 오늘도 똑같은 것 같은데, 조그마한 감이 생긴다. 얼마나 확실하게 생기는 건지는 모르지만, 이건 그저… 그냥 감이 생겼다고 믿는 수밖에 없다. '조회수'나 '좋아요'가 늘어나고 유지되는 만큼 나에 대한 신뢰감도 올라간다. 어쩌면 그것이 다음 단계로 튀어오르는 데 필요한 하나의 과정인 것 같다.

그림 실력도, 감도, 구독자 수도 모두 이런 식으로 자란다. 어쨌든 꾸준히 해야 느는데, 내가 꾸준히 할 수 있었던 이유는 간단하다. 내가 좋아하는 방식으로 했기 때문이다. 내가 하고 싶은 방식, 그래서 매일 계속 할 수 있는 방식. 어쩌면 이게 자기만의 방식을 찾는 하나의 방법일 수도 있겠다.

내가 뭘 좋아하는지 발견하는 방법은 내가 SNS에서 어떤 사람을 팔로우 하는지 살펴보는 것이다.

나는 웃긴 사람이 좋다. 하찮고 웃긴 사람. 나를 낮추고 남을 웃기는 것이란 얼마나 어려운 것인가. 글로 웃기는 것이란 가능한가? 그림으로 웃기는 것은?

하하하. 나는 웃기는 사람이 되고 싶다.

17화

내가 원하는 성공의 의미

나는 내가 모험심과 도전정신이 강하다고 생각했는데, 전혀 아니었다. 스스로를 안다는 건 굉장히 어려운 일이었다. 그건 내가 나를 보지 못해서가 아니라 진짜 나를 들여다볼 여유가 없기 때문이다.

2019년 5월 16일 목요일

솔직함에는 꽤 큰 용기가 필요하다. 내밀한 고민이나 참기 힘든 불안감, 들키기 싫은 취약함을 털어놔도 괜찮다는 걸. 그래도 내 세상은 무너지지 않는다는 걸 경험하는 일은 매우 귀하다. 세금 뗀 월급, 실제로 통장에 찍히는 수입, 감당해야 할 빚… 현실적인 숫자를 공유할 수 있는 사람이 주변에 있다면, 그 숫자에 맞서볼 용기를 낼 수 있을 거다. 내 삶에 무엇을 기대하는지, 무엇에 도전하고 싶은지, 얼마나 허무맹랑한 꿈을 꾸는지, 아직 해결하지 못한 숙제는 무엇인지 솔직하게 털어놓을 수 있는 사람이 단 한 사람이라도 있다면, 그것도 꽤 괜찮은 삶이지 않을까.

그런데 솔직한 마음을 다른 사람에게 보여주는 것도 어렵지만, 자기 자신에게 내보이는 것 역시 쉽지 않다.

나만 보는 일기장에도 솔직히 적지 못하는 이유는, 나를 제대로 들여다보지 못하고 좋아 보이는 목표를 썼기 때문일 것이다. 왠지 그럴듯해 보이고, 언젠가 막연히 도움이 될 것 같은 그런 목표를.

예를 들면 나는 매년 새해, 이런 목표를 세웠다.

1. 운동 열심히 하기.
2. 꾸준히 저축하고 돈 많이 벌기.
3. 새로운 사람들을 만나 교류하기.

모두 맞는 말이다. 그런데 무엇을 위해서 새로운 사람들을 만나고 싶은지는 알 수 없었다. 사실 궁금하지도 않았다. 조금 솔직해졌던 날에는 이런 목표를 적었다.

1. 팔로워가 많아졌으면 좋겠다.
2. 힙한 브랜드과 콜라보를 한다면 성공한 거 아닐까.
3. 어디서든 내가 원하는 장소에서 자유롭게 일할 수 있었으면 좋겠다.

역시 여전히 남에게 보여지는 내 모습이 먼저 떠오른다. 멋있었으면 좋겠다는 생각. 그러다 어떤 날은 내가 썼는지 기억도 안 나는 리스트가 적혀 있었다. 내가 너무 쓸모없는 존재인 것 같은 날에 쓴 일기였다.

제목은, 내가 죽으면 안 되는 이유.

1. 가고 싶다고 노래를 불렀던 북유럽에 아직도 못 가봤고
2. '나무가 보이는 집'에 살아보지 못했고
3. 나만의 작업실을 만들어보지도 못했을뿐더러
4. 이렇다 할 화풍이 아직 만들어지지 않았기 때문이다.
5. 작은 집에서 죽은 김파카는 너무 쓸쓸해 보이지 않을까? 죽더라도 크고 멋진 집에서 죽어야지….

죽더라도 크고 멋진 집에서 죽고 싶다니, 이게 대체 무슨 말인가? 웃겼다. 어쩌면 솔직한 목표는 가장 최악의 상황에서 튀어나오는 것 같다. 철저하게 '나'의 만족이 최우선이었다. 그날의 일기를 보고 있으니 앞으로 뭘 해야 행복할지 알 것 같았다.

기분 좋은 상태에서 세우는 목표는 대체로 이상적인 확률이 높다. 최악의 상황에서 세우는 목표가 진짜 해낼 수 있는 목표다. 적당히 배부르고 편안한 상태에서는 무리한 운동 계획과 식단 계획을 세우지만, 정작 스트레스가 심한 날에는 보상 심리에 휘둘려 씨알도 먹히지 않으니까. "아, 됐어! 일단 오늘은 이거 먹을 거야. 샐러드고, 운동이고, 나발이고 내일부터 할 거야!"라고 반복했던 지난날이 떠오른다. 거창한 목표와 어설픈

경쟁심은 전혀 쓸모가 없다.

컨디션이 매우 좋은 날에도, 이따금 스스로에게 편지를 쓴다. 미래에 스트레스받을 나에게 과거의 괜찮았던 내가 말해주는 거다.

"대단한 목표를 세우지 말고, 재밌는 걸 해. 그걸 해도 힘든 걸. 그럴 바에는 기왕이면 재밌는 걸 해."

18화

이상하고 매력 있는 그림의 세계

영화 〈소울〉에는 재즈 음악을 하는 주인공이 피아노를 치다가 자신도 모르게 무아지경에 빠지는 장면이 나온다. 그림을 그릴 때도 그런 순간이 있다. '손이 풀렸다'라고 표현하기도 하는데, 모든 신경이 한곳에 쏠려 아무 생각도 나지 않는다. 다른 세계로 빨려 들어가는 것 같은 기분이 든다. 그 기분에 빠지고 싶어 매일 그림을 그린다.

하지만 이 순간은 상대적으로 짧다. 만약 그리는 시간이 1시간이라면, 처음 10분은 안절부절못하고 불안하다. '아, 그냥 다시 그릴까, 망한 거 같은데'라고 생각하는 정도면 차라리 다행이다. 가장 큰 곤경은 이런 거다. '도대체 뭘 그리지?'

그리는 일을 좋아하면서도 뭘 그려야 할지 모르겠는 날이 더 많다. 무엇을 그릴까 결정하는 일은 또 다른 영역이다. 뭔가를 그리고 싶다는 마음은 그래서 소중하다. 다시 그릴까, 아예 다른 걸 그릴까 갈팡질팡하면서도 우선 인내심을 가지고 계속 그려본다. 아직 이 그림은 볼품없고 아무것도 아니다. 하지만 인내의 시간이 지나고 나면 어느 순간, 내 주변의 모든 것이 희미해진다. 짧게는 5분, 길게는 20분, 정말 가끔은 몇 시간 내내 유지되기도 한다. 시간 가는 줄 모르고 푹 빠져서 그린다. 그땐 전화가 와도 안 받고, 누가 말을 걸어도 좀 있다 얘기하자 한다.

내가 기억하는 최초의 몰입도 그림 그리기였다. 방바닥에 누워 연필로 뭐든 쓱쓱 그렸던 순간들. 얼굴을 그리고 있으면 그 묘사에 따라 내 표정도 움직이고, 그런 나를 발견하고서는 괜히 '뻘쭘'했던 기억. 누구의 방해도 받지 않는 고요하고 평화로운 시간이었다. 어릴 때는 손에 쥐어진 색연필을 방바닥이든,

테이블이든, 스케치북이든 상관없이 휘갈기는 재미로 그렸다. 내 손가락의 움직임과 힘만으로 새로운 무언가를 만드는 놀라운 경험이었다.

미술을 배우지 않아도, 우리는 보통 두 가지 방법으로 그림을 그리기 시작한다. 머릿속에 있는 상상의 세계를 그리거나, 그리고 싶은 무언가를 보았거나. 나는 후자에 가깝다. 상상해서 그리는 것은 잘하지 못한다. 시간을 들여 오래, 자세히 관찰하고 그림을 그린다. 그렇게 그리다 보면 사물의 새로운 면을 발견하기도 한다.

가까운 사진작가 친구와 촬영감독님에게 물었다. 뭘 찍고 싶은지는 그곳에 가봐야 아는 거냐고. 미리 어느 정도 계획을 하는지, 아니면 정말 예기치 못하게 그런 순간을 만나는 건지 궁금했다. 그들의 답변에서 공통적으로 나온 것이 하나 있었다. 바로 '스토리'였다. 단순히 멋지고 아름다운 걸 찍는 게 아니라, 이야깃거리가 느껴지는 장면을 찍는다고 했다. 내가 뭘 그려야 할지 모르고 방황했던 이유를 알 것 같았다. 좋은 사진에는 찍는 사람이 전하고 싶은 이야기가 담겨 있고, 나아가 보는 보인다 보여!

사람으로 하여금 무언가 상상하게 하는 힘이 있다. 단순히 기술적으로 빼어나게 그린 그림이 어딘가 매력적이지 않은 건 그 때문일 것이다.

영화 〈소울〉에서 가장 좋아하는 씬은 이발소에서 대화하는 장면이다. 이발소 의자에만 앉으면 재즈 이야기를 늘어놓던 '조'. 그의 몸에 다른 영혼이 들어간 이후부터 이발사 '데즈'와 조 사이에는 완전히 다른 대화가 이어진다. 천직인 줄로만 알았던 이발사라는 직업을 생계 때문에 선택했다는 데즈에 말에 조는 놀라고 만다. 사실 데즈는 수의사가 되고 싶었다. "그럼 지금 행복하지 않겠네." 조가 물었다. 그러자 데즈는, 모든 사람이 수혈기를 발명한 찰스 드류가 될 수는 없지 않겠냐고. 지금은 자신의 일이 좋다고 웃으면서 대답한다. 이런저런 대화를 나눈 데즈는 마지막에 이렇게 말한다.

"드디어 재즈 말고 다른 것에 대해 이야기해서 좋았어, 조."

"왜 우리가 한 번도 당신에 대해 얘기하지 않았지?"

"물어보지 않았잖아. 하지만 이번에 네가 해줘서 기뻐."

내가 가닿고 싶은 그림은 이야기를 건네는 그림이다. 좋은 대화를 하는 것처럼 말을 건네는 그런 그림. 보는 이를 압도할 만큼 대단하고 엄청난 그림을 그리지 못한다고 해도 대화를 나누는 것 같은 기분을 느낄 수 있다면 그걸로 충분하지 않을까. 누군가의 삶에 살그머니 붙어 앉아 조곤조곤 얘기를 나눌 수 있다면 좋겠다.

19화

먹고살기 중간점검

"고양이가 나보다 먼저 죽지 않게 해주세요."

장담컨대, 이런 기도들은 이루어지지 않는다.

"고양이의 죽음을 제 딸 마리가 받아들일 수 있게 씩씩한 용기를 주세요."

_앤 라모트, 김선하 옮김, 《가벼운 삶의 기쁨》, 나무의철학, 2013.

내가 바라는 대로만 인생이 흘러갈 리는 없다. 우리 모두가 그렇듯 인생에서 실망스럽고, 고통스럽고, 절망스러운 일은 꼭 일어나게 되는 법. 그런 상황이 오지 않기만을 바라는 사람보다 힘들고 고통스러운 일이 생겼을 때 이겨낼 힘을 갖게 해달라고 기도하는 사람이 더 멋지지 않은가.

오랜만에 글쓰기 모임의 멤버들을 만났는데 이런 말이 오갔다. "예전엔 이것도 하고 싶고, 저것도 하고 싶고… 해보고 싶은 게 너무 많았는데, 이제는 뭘 포기할 건지 뭘 버릴 건지 고민하는 나이가 됐어." 이것저것 관심사가 너무 많아서 고민이었던 시간을 지나 이제는 무엇을 하고 무엇을 하지 않을 것인지 선택해야 하는 때다. 나의 한정된 에너지와 시간을 어떻게 효율적으로 쓸 것인지 고민해야 하는 시기.

처음 내 목표는 단순했다. 월 100만 원을 안정적으로 버는 것. 어느 달은 목표 금액을 훌쩍 넘기기도 하고, 그렇지 못할 때도 있다. 그 출발선에서 이제 겨우 앞으로 조금 걸어 나왔다. 종이를 꺼내 내가 가진 능력으로 돈을 버는 방법을 하나씩 써 내려간다. 지금 당장 1만 원이라도 벌 수 있는 아이디어가 떠오르지 않는다면, 적은 돈으로 버티는 법을 연습하면 된다. 앞으로 어떻게 달라질지는 아무도 모른다. 다음 중간점검까지는 시간이 좀 필요할 것 같다.

20화

취미와 직업을 구분하기

어떤 사람을 철부지라 부를 때는 몇 가지 기준이 있었다. 꿈은 큰데 자기 위치를 모르거나, 시장에 대해 허황된 생각을 품고 있거나, 취미와 직업을 구분하지 못하거나.

_이기문, 《크래프톤 웨이》, 김영사, 2021.

아프다. 뼈를 세게 맞았다. 돌부리에 걸려 넘어진 것처럼 이 문제를 해결해야 다시 일어설 수 있을 것 같았다. 대신 정신을

똑바로 차려야 한다. 이 나이에 철부지가 될 수는 없으니까.

내가 좋아하는 일을 해보겠다고 결심한 사람이라면 한 번쯤 이런 문제에 봉착할 것이다. 내가 좋아하는 일을 직업으로 삼아도 될까? 이 일이 직업이 될 수 있을까? 돈이 되는가? 돈을 받는다면 얼마를 받아야 하는가? 취미와 직업을 구분하는 것은 명백히 돈과 연관되어 있다. 내가 제공하는 서비스나 결과물이 돈을 받을 가치가 있다면 직업이고, 그렇지 못하다면 취미다.

그런데 사람들이 기꺼이 나의 일에 돈을 내려고 하지 않는다면, 또 다른 문제에 잠기게 된다. 그럼 나는 예술가인가? 돈을 못 벌면 예술가인가? 내가 하는 일은 '예술'이라 돈과 연결되지 않아도 괜찮은가? 그럼 돈이 없어도 괜찮은가? 그건 아닌데, 그렇다면 돈 걱정 없는 사람만 예술을 할 수 있는 건가? 그럴 수 없다면 예술을 할 수 없는 건가? 돈도 잘 벌면서 예술을 하는 것이 가능할까? 예술과 예술이 아닌 것의 차이는 뭔가? 예술이란 대체 무엇인가!

프리랜서가 된 이후에도 이런 질문은 수개월간 이어졌지만,

어느 것도 명쾌하게 정리되지 않았다. 그나마 다행스럽게도 그림은 제법 쉽게 돈으로 바꿀 수 있는 영역에 속했다. 그림은 사람들이 필요로 하고 좋아한다. 수요가 꽤 있다는 것이다. 하지만 여전히 어떤 기준으로 그림을 그리고 돈을 받아야 할지 알 수가 없었다. 사실 기준이랄 게 없었다. 돈을 준다고 하면 다 해도 될지, 어떤 기준으로 승낙하고 거절해야 하는지. 최근에서야 조금씩 깨달았다. 어차피 이 질문에 완벽한 정답은 없고, 각자의 상황에 맞는 대답이 있을 뿐이라는 것을.

그중에서도 김혜순 시인과 유현준 교수님의 조언이 가장 확실하고 명쾌한 답변이었다. 팟캐스트 '책읽아웃'에서 오은 시인이 김혜순 시인에게 질문했다. 20대 청년이 시를 쓰고 싶은데, 부모님이 반대해서 고민인 그에게 어떤 조언을 해줄 수 있겠냐고.

"시인이 된다는 게 등단하겠다는 거예요?"

"글쓰기로 생업을 하고 싶은 사람인 것 같아요."

"음…. 그렇다면, 시를 생업으로 할 순 없어요. 시는 직업이 아니죠. 다른 인문대학 학과들처럼 직업교육을 하는 곳이 아니기 때문에 그 자체로 직업이 되는 경우는 거의 못 봤어요. 제가 만난 시인은 모두 다른 직업을 갖고 있었어요. 시인이 되어야 한다고 직업을 구하지 않는다? 그런 건 맞지 않죠. 여유가 있어야 해요. 저도 직업이 있지만, 그 직업이 저의 시와 전혀 연결되지 않아요. 시간에 쫓기다가 쓴 시가 리듬이 살아 있고 마음에 들 때가 더 많아요."

유현준 교수님은 20~30대 건축학도들에게 이런 이야기를 해주셨다.

"아마 좌절이 더 많을 거예요. 본인의 재능에 대한 의구심도 들 거고. 그럴 때 길이 열리는 곳으로 갔으면 좋겠어요. 제가 처음 글을 쓴 것도 사실 돈 때문에 한 거예요. 돈을 벌기 위해 하는 일을 부끄러워할 필요가 없어요. 그게 편의점 알바가 됐든, 뭐가 됐든. 내가 생각하는 방향과 조금 다를지라도 저는 그 일을 해야 한다고 생각해요. 인생을 본인이 계획한 대로 갈 수 있을 거라는 착각을 버려야 해요. 주어진 상태에 최선을 다하는 것이 중요하죠."

내 무게중심을 잃게 했던 고민들이 아주 조금 가벼워진 듯했다. 돈을 받았으면 프로처럼 책임감 있게 최선을 다하자. 내가 꼭 하고 싶은 작업은 직업으로부터 얻은 여유가 생기면 그때 하면 된다.

21화

나 이제 좀 알 것 같아!

1. 롤모델을 찾는다.

2. 그 방향을 따라가다가, 새로운 문이 열리면 그 길로 가본다.

만의 방식으로 훈련해야 한다.

3. 다만, 새로운 문이 열리게 하려면 따라 하는 게 아니라 나

만의 방식으로 훈련해야 한다.

야 할 거다.

4. 물론 쉽지 않다. 너무 쉽다면 카피한 건 아닌지 확인해봐야 할 거다.

5. 시도하고 실패하고, 다시 시도하고 실패하고….

6. 이 과정이 반복된다.

7. 지쳐서 나가떨어질 때쯤 겨우 발견하게 될 거다.

8. 가장 촌스럽고 이상한 것, 그게 '나만의 것'일 확률이 크다. 하지만 걱정하지 말자. 아무리 이상한 것이라도 쌓이면 제법 괜찮아 보인다.

네 번째,

아직 유명하진 않지만, 소신껏 길을 걷는 법

22화

아직 바닥을 안 찍었나 봐?

불안한 프리랜서의 삶에 일어나는 현실적인 에피소드를 이야기해보겠다.

내 인생에 남편이라는 사람이 생겼다. 1인분의 몫도 겨우겨우 해내던 내가 이제 온전히 한 사람이 되어야 했다. 혼자일 때는 부족하면 부족한 대로 때울 수 있었지만, 같이 살기로 한 이상 서로 잘해야 한다는 책임감과 뭔지 모를 부담감이 어깨에 하나씩 쌓였다. 평생 유지해야 할 새로운 팀이 생긴 셈이다. 한

우리는 이제
한배를 탄거야

배를 탔다는 말을 이럴 때 쓰는 거구나 실감했다.

우리가 같이 살아도 되겠다는 결심을 한 데에는 나중에 둘 다 회사를 그만두더라도 살아남을 수 있는 사람이 되고자 하는, 비슷한 목표가 있어서다. 구체적으로 에어비앤비를 하고 싶다는 공동의 목표 같은 것. 그 목표를 가지고 각자 회사에 다니는 동안 목돈을 모으고, 티끌이긴 하지만 어떻게 하면 잘 굴릴 수 있는지 같이 공부한다. 어쨌든 지금 각자 돈을 버는 데 있어서 중요한 건 딱 하나다. 아무 일이나 하면서 돈을 버는 게 아니라 기왕이면 좀 더 관심 있고 더 알고 싶은 분야에서 돈을 버는 것.

남편이 커리어 전환을 위해 기꺼이 백수가 되었을 때도 차라리 잘됐다고 생각했다. 당장 몇 달치 월급이 들어오지 않는 것은 그다지 불안해할 일도 아니었다. 방향을 수정하고 싶다는 건 뭔가를 깨달았다는 것이고, 이 불안정한 시기는 우리의 인생을 놓고 보면 아주 짧은 축에 속하니까.

배우자가 프리랜서가 되면 이런 일이 생긴다.

1. 건강보험 지역가입자가 되었다는 편지가 날아온다.
2. 밀린 보험료를 입금해야 한다.
3. 월급이 통장에 들어오지 않는다.

그리고 이번엔 내 차례다. 월급 받으며 일하면서도 외주 작업으로 돈을 벌어보기도 했고, 이제는 내 일을 해보고 싶었다. 남편도 적극적으로 지지해주었고 나는 그렇게 프리랜서가 되었다.

기분이 좋을 때는 뭐든 너그럽게 받아줄 수 있다. 허무맹랑한 꿈도 기꺼이 응원해줄 마음의 여유가 있다.

프리랜서가 된 지 딱 한 달째 되던 날, 현실적인 다툼이 시작되었다. 대화의 시작은 이랬다.

"잘하고 있는 거 맞지?"

"응, 왜 잘 안 하고 있는 거 같아?"

"더 열심히 해도 모자랄 판에 좀 게을러 보여서."

"하…. 나도 지금 열심히 하고 있거든?"

돈을 벌기 위해 적극적으로 셀프 홍보를 해도 부족한데 그런 노력이 안 보이고, 혼자서 뭔가 하고 있긴 한데 돈은 안 되는 거 같고, 아침에도 늦게 일어나지 않냐며 아쉬운 말이 줄줄 흘러나왔다. 맞다, 구구절절 옳은 말이었다. 사실 나도 프리랜서는 처음이라 뭘 어떻게 해야 할지 감을 잡지 못하고 있었다. 들어오는 일만 할 줄 알았지 그다음 계획에 대한 대비가 전혀 없었다. 그렇다고 가만히 듣고 있을 수만은 없지!

아직 한 달밖에 안 됐는데 왜 이렇게 보채냐, 이럴 거면 왜 나랑 결혼했냐, 안정적인 회사 다니는 사람이랑 했어야지! 날 선 이야기가 쏟아졌다. 돈을 못 버는 달이 있으면 파트타임을 해서라도 돈을 벌겠다고 했다. 그러자 이어진 남편의 한마디.

"나는 자기가 그림으로 돈을 100만 원 이상 벌 수 있을 거라고 생각했어."

한 방 먹었다. 그림으로 먹고살아 보겠다고 독립한 거였는데, 나 지금 뭐 하고 있는 거지? 뼈를 맞았다. 아니, 사실 감동받았다. 나도 스스로를 못 믿는 상황에서 믿어주는 사람이 옆에 있다는 것이란. 하지만 잠시 방심하는 사이, 다시 강펀치가 날아왔다.

"아직 바닥을 찍지 않은 거라고, 그렇게밖엔 안 보여."

배가 침몰할 위기에 처했다. 노 저을 힘마저 사라졌다. 있던 힘도 사라지게 하는 저 날카로운 말을 어떻게 받아쳐야 할지…. 알고 보니 같은 배를 탄 게 아니라 각자 배를 타고 있었고, 나 혼자 침몰하고 있었다. 꼬르륵.

가라앉는 배에서 마지막 발언을 시작했다.

"내가 원하는 모습이 저기 위에 있는데, 지금 당장 그렇게는 안 되잖아. 나도 잘나가는 일러스트레이터가 되고 싶지만, 현실은 수많은 무명 작가 중 한 명에 불과해. 그럼 작은 그림 하나라도 그려야 하는데, '과연 이게 돈이 될까?' 하는 생각부터 들어. 그럼 시작도 못 하고 고민만 하다 하루가 가버려. 그럼 더 쓸모없는 사람처럼 느껴지는 거야. 근데 실제로 자기한테 그런 말을 들으니 더 기운이 빠지네. 가짜로 응원하는 거였

개인전이었어…!
TEAM

으면 솔직히 말해. 기대하지 않을게. 그리고 아직 한 달밖에 안 됐어.”

그렇다. 아직 출발하지도 않은 배였다.

“내가 키다리 아저씨는 못돼도, 키 작은 아저씨가 되어줄게.”

그렇게 말하는 남편의 눈동자가 흔들리는 것을 나는 보았다. 불안한 눈동자 넷이 출렁였다. 여전히 우리는 흔들리지만, 솔직한 대화가 마음을 조금이나마 편안하게 해주었다. 키 작은 아저씨라니, 진짜 웃기는 남자다.

우리가 각자 다른 배를 타고 있는 건 맞지만, 밧줄 하나로 연결된 기분이 들었다. 아무튼, 누군가와 함께 항해한다는 건 복잡 미묘한 일이다. 나의 작은 배가 뒤집힐까 두렵기도 하지만, 초보 선장은 다시 힘을 내서 노를 저어본다.

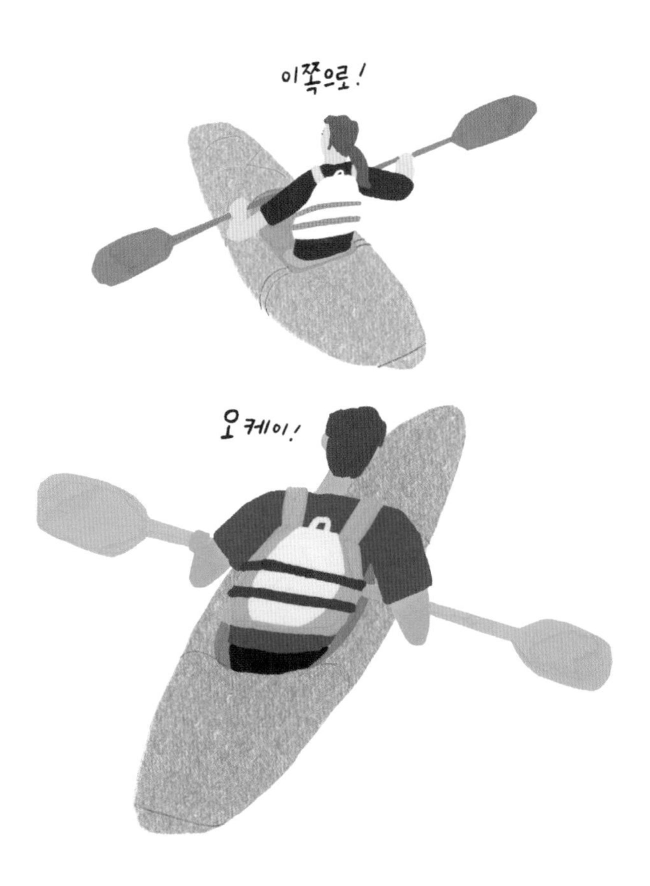
이쪽으로!
오케이!

23화

바닥을 딛고 일어나는 법

삶이 바닥에 푹 꺼진 것 같은 기분이 들 때가 있다. 하루하루가 너무 무거워 아무것도 할 수 없을 것 같은 그런 날. 이럴 때 필요한 건 바로 중력을 거스르는 힘이다.

사소한 습관들이 매일매일 모이면 중력을 거스를 힘을 만들 수 있다. 근데, 나도 아는데…. 그게 잘되면 이런 고민을 하고 있지도 않겠지.

여기가 바닥인가?

바닥을 딛고 일어나는 법에는 특별할 게 없다. 그저 일어나서 몸을 움직이고, 해야 할 일을 하는 것. 하지만 중력에도 지는 나 같은 사람에게는 쉽지 않은 일이다.

누구의 인생이든 롤러코스터 같은 굴곡이 있다. 높이 오르고 난 다음에는 바닥에 아주 처박히는 기분이 들기도 한다. 침대에서 일어나는 게 세상에서 가장 힘든 일인 것처럼 느껴지던 어느 날, 문득 이런 생각이 들었다.

'대단한 걸 하려고 하지 말고 그냥 뭐라도 해봐.'

이때 나에게 큰 도움이 되었던 세 가지에 대해 소개해보겠다.

1단계, 모닝페이지•를 쓴다. 바닥에서 일어날 힘을 얻을 수 있다. 모닝페이지는 매일 아침, 의식의 흐름대로 노트 세 장 정도의 분량을 적는 것이다. 두서없이 쓰는 것이 핵심이다. 일기도 아니고, 작품도 아니고, 그냥 눈 뜨자마자 머릿속에 생각나는 대로 쓰는 낙서 같은 것. 앞뒤 문맥 상관없이 그저 손을 움

• 모닝페이지는 다음의 책에서 도움을 받았다. 줄리아 카메론, 임지은 옮김, 《아티스트 웨이》, 경당, 2012.

직여서 쓰면 된다. 모닝페이지를 알게 된 다음 날, 아침에 눈을 뜨자마자 써 내려가기 시작했다. 오늘 아침 기분은 어떤지, 어제는 무슨 사건이 있었는지, 지금 당장 생각나는 건 뭔지 떠오르는 대로 썼다. 20분 정도 적고 나면, 비록 엉망진창이지만 매일의 기분과 생각이 쌓였다. 그러다 한 달째가 되던 날 열어봤다. 내용이 아주 흥미롭다. 내가 썼지만 가물가물한 일상들, 이미 잊어버린 그날의 상념이 되살아났다. 엉망진창의 기록 사이에서 흥미로운 부분이 눈에 띄었다.

"만화를 그려보고 싶다.
나중에 일러스트레이션 전시도 하고 싶고,
마음이 힘든 어린이들에게 도움이 될 만한 그림책을 만들고 싶다."

무심코 적은 문장이 바닥에 누워 있던 나를 일으켜 세웠다. 끊어졌던 몸과 마음의 퓨즈가 다시 연결되는 것 같았다. 모닝페이지는 부담 없이 시작해야 한다. 의심스러우면 의심스러운 대로 적어보자. 규칙도 없고 제약도 없다. 그냥 아침에 쓰기만

하는데 이상하게도 어느 순간 효과가 나타난다.

2단계, 무언가 해보기로 했다면 일단 망치는 연습부터 해보자. 바닥을 딛고 일어날 힘이 생겼다면 다음에 해야 할 일은 딱 한 걸음만 떼보는 거다. 에너지가 조금 생겼다고 달릴 생각부터 하지 말자. 뭘 더 잘하려고도 하지 말고 남에게 잘 보이려고 하지도 말고, 바닥에서 일어서서 딱 한 걸음부터 떼야 한다. 자기 역량의 기대치를 확 낮추고, 적극적으로 망치는 연습을 하는 것이다.

나는 하루에 한 장씩만 그려서 스케치 노트 한 권을 채우자고 다짐했다. 완벽한 그림 한 장을 완성해야 한다는 마음이었다면 절대 해내지 못했을 거다. 휴대폰의 영상 촬영 버튼을 누르고, '망치면 좀 어때' 하는 심정으로 슥슥 그렸다. 처음에는 보잘것없어 보였던 그림도 몇 달간 쌓이고 나니 꽤 근사하게 보였다. 그렇게 매일같이 SNS에 그림을 올리니, 내 꾸준함을 알아봐주는 사람들이 생겼다. 뭔가 괜찮은 그림이 완성되었을 때는 평소보다 더 폭발적인 반응이 왔다. 으아, 나 잘하고 있나 봐!

이런 실험이 있었다고 한다.• 한 도예 수업에서 학생들을 두 그룹으로 나눈 다음 제출한 과제물을 그것의 질적인 면과 양적인 면으로 평가했다. 수량으로 평가하기로 한 학생들에게는 저울로 작품의 무게를 재어 그 무게가 20kg이 나가면 A, 15kg은 B를 주기로 했다. 질적으로 작품을 평가하기로 한 학생들에게는 A를 받으려면 자신의 최고 작품 하나를 제출하라고 했다. 과연 가장 훌륭한 작품은 어느 집단에서 나왔을까? 바로 양적으로 평가한 집단에서 나왔다고 한다. 완성도에 대한 부담감 없이 부지런히 작품을 만들고 실수하고 배우는 동안 비로소 좋은 작품에 다가갈 수 있었던 것이다. 질적으로 평가하고자 한 집단의 학생들은 완벽한 작품을 만드는 방법을 궁리만 하다가 결국 아무런 작품도 내지 못했다.

그러니 일단 열심히 망쳐보겠다는 생각으로 시작하면 된다. 엉망진창의 결과물이라도 계속 쌓다 보면 실력도 늘고 자신감도 회복된다.

이제 달릴 준비가 된 당신에게 다음과 같은 이야기를 들려주

• 이 실험은 다음의 책에서 확인할 수 있다. 데이비드 베일즈, 테드 올랜드, 임경아 옮김, 《예술가여 무엇이 두려운가!》, 루비박스, 2006.

고 싶다.

"'긴장 풀어요. 자신을 너무 몰아세우지 마요.' 전 그런 얘기에 절대 동의 못 해요. 더 연습해서 실력을 쌓아야죠. 운동선수도 음악가도 매일 연습하잖아요."

_〈앱스트릭트: 디자인의 미학〉, 크리스토프 니엔만, 넷플릭스, 2019.

24화

계획보다 중요한 건 루틴을 잡는 것

'목표를 세우는 것'과 '목표가 생기는 것'의 차이를 발견했다. 목표를 세우려고 하면 쓸모 있고 좋아 보이는 것을 떠올리지 마련이지만, 진짜 목표는 그렇게 생기지 않는다. 그냥 자연스럽게 생긴다. 역시 자연스러운 게 옳다.

2021년 1월 7일 목요일

"살면서 가장 계획대로 안 된 일이 뭐였어?"

인생을 계획대로 살던 남자가 물었다. 영화 〈패밀리맨〉의 주인공 '잭'은 성공한 투자 전문가이자 플레이보이다. 13년 전, 그는 성공적인 삶을 보장하는 런던행과 사랑하는 사람과 함께하는 소박한 삶 사이에서 선택의 기로에 섰다. 런던행을 선택한 그는 말 그대로 승승장구하며 성공한 삶을 살았다. 그러다 우연한 계기로 하루아침에 인생이 바뀌어, 런던행을 포기했다면 살았을 삶으로 돌아가 버린다. 직업은 타이어 판매원, 두 아이의 아빠다. 혼란에 빠진 잭은 아내에게 앞의 대사를 던진다. 그 질문을 들은 나는 이런 생각이 들었다. '인생을 계획한 대로 살아온 사람은 저런 질문을 하는군?'

언제부터인가 인생은 계획대로 되지 않는다는 걸 절감했다. 오히려 중요한 문제는 대부분 자연스럽게 생기는 것 같았다. 대화가 잘 통하는 사람을 만나는 것이나, 어떤 계기로 인해 내가 좋아하는 것을 발견하게 된다거나. 인생의 중요한 결정이라 부를 만한 것은 일부러 계획하지 않아도 자연스럽게 다가온다.

인생은 등산에 곧잘 비유되곤 하는데, 어쩌면 인생은 등산보다 파도타기와 더 비슷할지도 모른다. 목표지점을 향해 '올라가는 것'은 내 의지와 노력으로 가능한 거지만, 좋은 파도를 만나기란 내 의지로 되는 게 아니니까. 내 인생에 그만한 파도를 만나지 못했다고 원망할 일은 아니다. 언제 어떤 파도를 만날지 모르니 준비하는 시간이 필요할 뿐. 멋진 파도를 만났을 때 그 파도 위에 올라타는 건 어디까지나 나의 몫이다.

프리랜서의 삶도 그렇다. 모든 직업이 다 그렇겠지만, 특히 더 그렇다. 스스로 계획을 세워도, 실제 실행되는 계획은 일부에 불과하다.

나는 버킷리스트나 투두리스트 같은 것을 쓰지 않기로 했다. 대신 좋은 파도를 만났을 때를 위해 뭘 준비해야 하는지 고민했다. 여러 시도 끝에 내가 찾은 가장 효과적인 방법은 '오늘 한 일 적기'였다.

1. 캘린더 앱을 하나 정한다. 여러 가지 앱을 써봤지만, 가장 만족스러웠던 건 구글 캘린더였다.

2. 하루의 일과를 크게 서너 가지 정도로 구분하고 각기 다른 컬러를 지정한다. 예를 들면 노란색은 업무와 작업, 연분홍색은 식사, 초록색은 중요한 약속이나 일정, 파란색은 그 외의 개인적인 일상(이동 시간, 친구와의 약속, 집안일, 낮잠, 노는 시간 등)으로 지정했다. 너무 세분화하면 관리하기가 어려우니 가능한 한 단순하게 정하는 게 좋다.
3. 시간을 어떻게 쓰고 싶은지 계획한다. 업무와 작업 기록에 속하는 노란색 블록만 신경 쓰면 된다. 하루에 집중해서 일할 수 있는 시간은 6~7시간이니까 1시간씩 쪼개서 캘린더에 배치해본다. 처음 시작할 때 한 번만 하면 된다.
4. 내가 뭘 했는지 그때그때 기록한다. 처음엔 1시간 단위로 기록해보고, 계속하다 보면 점점 감이 생겨 하루에 몇 번만 신경 쓰면 된다.
5. 쓰다 보면 계획한 것과 실제로 쓰는 시간의 차이를 발견할 수 있다. 나의 작업 패턴을 인지하는 것만으로도 큰 효과가 있다.

하루 동안 시간을 어떻게 쓰는지 적어보면 나의 작업 패턴

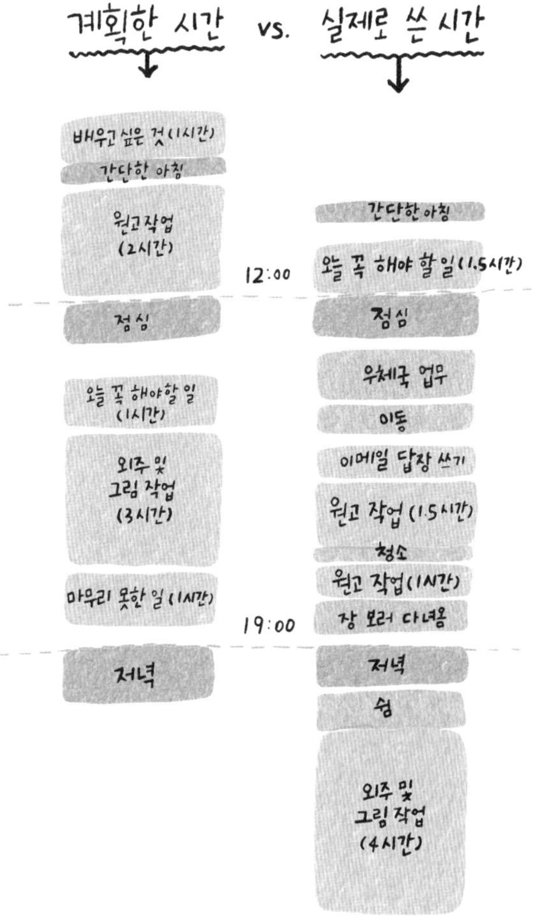

계획한 시간 vs. 실제로 쓴 시간

계획한 시간

배우고 싶은 것(1시간)
간단한 아침
원고작업 (2시간)
12:00
점심
오늘 꼭 해야 할 일 (1시간)
외주 및 그림 작업 (3시간)
마무리 못한 일(1시간)
19:00
저녁

실제로 쓴 시간

간단한 아침
오늘 꼭 해야 할 일(1.5시간)
12:00
점심
우체국 업무
이동
이메일 답장 쓰기
원고 작업 (1.5시간)
청소
원고 작업(1시간)
장 보러 다녀옴
19:00
저녁
쉼
외주 및 그림 작업 (4시간)

을 파악할 수 있다. 그러면 처리해야 할 일의 규모를 미리 계획할 수 있고, 무리한 작업도 사전에 걸러낼 수 있다. 업무 계획을 수정, 보완하기도 수월할 뿐만 아니라 집중이 잘되는 시간에 중요한 작업을 배치할 수도 있다. 게다가 눈에 보이는 기록이 쌓이면 무언가 해냈다는 자신감이 붙고, 새로운 것에 도전할 에너지도 생긴다.

인생이 계획대로 되는 건 없지만, 나의 작업 루틴을 만들어 두면 최소한 마감 약속을 어길 일은 없다. 비지니스 파트너에 대한 예의만 지키면 내 생활도 지킬 수 있다.

더 빡빡하게 살아야 한다느니, 더 많은 일을 해야 한다느니 떠들어대는 공허한 자기계발 신봉자들에게 휘둘릴 일도 없다. 내 작업 방식에 있어서만큼은 누구의 조언도 필요 없다. 내가 소화할 수 있는 만큼 나만의 방식으로 조정하면 그만이다.

인생이 계획대로 흘러가지 않는다는 사실을 받아들이고 나니, 쓸데없이 기대할 일도 사라진다. 괜한 미련을 남기는 일도 없다. 무엇보다 계획하지 않은 빈틈 사이로 새로운 에너지가 들어온다. 그 에너지는 사람이기도 하고, 어떤 사건이기도 하고, 또 다른 계획이기도 하다.

거대한 파도가 밀려와도 그것에 유연하게 몸을 맡기는 사람이 사람이 되고 싶다. 큰 파도가 우리 삶을 휩쓸어도 다시 찾아올 고요함을 기다릴 줄 아는 인내와 담대한 태도. 인생의 파도가 때로 높을지라도 그것은 늘 푸르고 아름다우니까.

25화

나의 결점을 지적하는 사람들에게

내 글과 그림은 귀엽고, 가볍고, 세상 아무 걱정이 없어 보인다. 아니, 그렇다고 한다. 어떤 사람들은 그래서 좋아하고, 어떤 사람들은 또 그래서 싫어한다.

우리가 다른 사람들을 쉽게 평가할 수 있는 건 '단순화'해서 보기 때문이다. 겉으로 눈에 보이는 것만 스윽, 보고 나면 다 아는 것 같다. 누군가와 몇 시간 나눈 이야기, 한동안 알고 지낸 경험으로 그 사람을 전부 이해할 수 있다고 착각한다. 단

편적인 사실만으로 한 사람을 재단하는 것은 얼마나 쉬운 일인지!

그렇게 조각난 사실은 누군가에게 전하기도 쉽다. 실제로 같이 일해 보니 그 사람은 이렇고, 저렇고…. 이런 종류의 이야기는 옆에서 듣고만 있어도 저절로 귀가 쫑긋해지지 않나. 카페인 없이도 최고의 집중력이 발휘된다. 본능적으로 끌리는 이야기인 것이다.

다른 사람의 작업물을 볼 때도 그렇다. 독특한 스타일을 가진 작가의 전시를 보러 가면 꼭 이런 말이 들린다.

"이런 건 나도 그리겠다."
"야, 네가 더 잘 그리겠는데? 너도 해봐."

하지만 직접 해보면 안다. 쉽게 내뱉었던 말이 무색하게도, 당장 할 수 있는 건 '카피'밖에 없다는 걸.

어렵게 완성한 결과물이 제대로 빛을 보지도 못하고 흐지부지 묻히기만 한다면, 나도 아는 내 작품의 부족한 점을 누군가 콕 집어 이야기한다면 이 괴로운 심정에서 빠져나올 방법에는 세 가지가 있다.

1. 특히 첫 번째 작업물을 세상에 내놨다면 내 작품에서 부족한 부분만 두드러져 보일 것이다. 별 다른 주목을 끌지 못해 제대로 된 피드백도 받지 못했는데, 지나가며 툭툭 던진 몇 마디가 마음에 콕콕 박힌다. 그럴 때 나는 이렇게 생각한다. '차라리 사람들이 많이 안 본 게 다행이야. 그냥 다음 작업을 시작하면 되잖아. 이것도 쌓이면 꽤 볼 만할 거야. 아직 하나밖에 없어서 그렇지.'

   어차피 나의 결점을 지적하고 지나간 사람들의 생각은 다시 바뀌지 않을 것이고, 심지어 자신들이 그런 말을 했는지 기억조차 못 할 거다. 그러니 내 생각을 조금 바꾸는 게 더 빠르고 좋은 방법이다.
2. 단순하지만, 좀 더 적극적으로 맞서는 방법이다. 이 작업물이 어떻게 탄생했는지, 그 안에 무슨 이야기가 숨겨 있는지 열심히 떠드는 거다.

3. 마지막으로 내 스타일을 어느 정도 찾았다면 이것을 꾸준히 유지하며 온갖 충고와 참견에 흔들리지 않는 것이다. 요즘 트렌드가 이러저러 하니 이렇게 해봐라, 저렇게 해봐라 하는 소리에 맞장구치다가는 유행에 휩쓸리기만 할 뿐이다.

호불호는 생길 수밖에 없다. 중요한 건 누구의 입맛에 맞출까 고민하는 것보다 내 입맛이 무엇인지 아는 것이다. 내 입맛과 비슷한 사람들이 모이게 해야 한다. 일본 드라마 〈빵과 수프, 고양이와 함께하기 좋은 날〉에는 이런 대사가 나온다.

"이곳에는 비슷한 분위기의 손님이 많이 오는 것 같아요."
"우리 가게가 비슷한 사람들을 끌어들이나?"

빵과 수프를 파는 가게에 뜨끈한 국밥을 원하는 손님이 오지 않는 것처럼, 내 스타일을 적극적으로 드러내면 그걸 좋아하는 사람들이 기꺼이 찾아오기 마련이다. 국밥 손님은 국밥집에 가게 해드려야 한다.

비슷한 사람들끼리 서로 끌어당기고 함께 모이면 큰 에너지가 만들어진다. 알맹이 없이 결점만 지적하길 좋아하는 사람들이 함부로 할 수 없는 그런 에너지가 생긴다. 쓸데없는 소음에서 멀어지는 가장 효과적인 방법이다.

26화

첫 작품이 망한 것 같은 작가들을 위한 조언

수많은 예술가가 자신의 초창기 작품에 실망한다. 아무것도 모르면서 덤벼든 치기 어린, 풋내기의 작품처럼 느껴지기 때문이다.

건축가 프랭크 로이드 라이트는 젊은 건축가들에게 담쟁이를 심으라고 조언했다. 시간이 흘러 '젊은 시절의 경솔'을 덮어 버리도록.

원래 처음의 것들은 대부분 촌스럽고 부족하고 깊이가 없어

보인다. 그럴 때 내가 할 수 있는 건 다음 작품을 계속하는 것 뿐. 스스로 '엔딩'을 외치고 싶을 때까지 계속하는 것이다.

네, 저도 지금 그러고 있고요.

27화

좋은 피드백과 나쁜 피드백을 구분하는 방법

피드백은 들어야 할 땐 듣고 싶지 않고, 해줘야 할 땐 어려운 법이다. 피드백을 받는 입장에서는 좋은 피드백과 나쁜 피드백을 구분하기까지 꽤 많은 시간이 필요하다. 나쁜 피드백도 많이 들어봐야 좋은 피드백을 알아차리는 능력이 생긴다.

일반적으로 낮은 연차에서 경험도 많고 시야가 넓은 윗사람의 의견을 듣는 경우가 많기 때문에, 보통은 묵묵히 그들의 의견에 따른다. 이건 누구라도 마찬가지다.

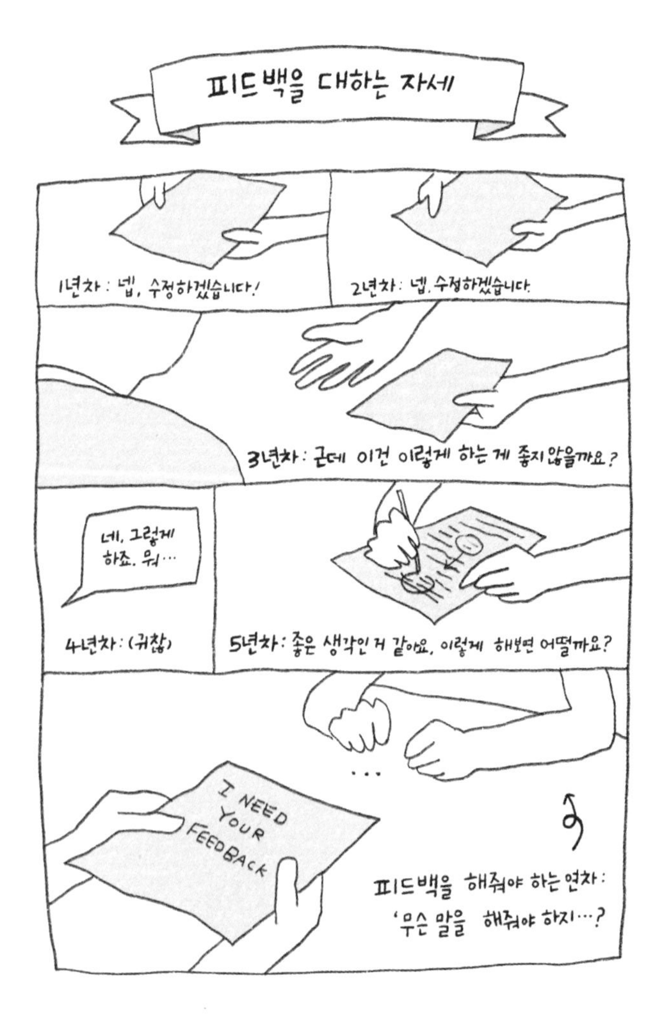
피드백을 대하는 자세
1년차 : 넵, 수정하겠습니다!
2년차 : 넵. 수정하겠습니다.
3년차 : 근데 이건 이렇게 하는 게 좋지 않을까요?
네, 그렇게 하죠. 뭐…
4년차 : (귀찮)
5년차 : 좋은 생각인 거 같아요. 이렇게 해보면 어떨까요?
…
I NEED YOUR FEEDBACK
피드백을 해줘야 하는 연차 :
'무슨 말을 해줘야 하지…?

내가 좋은 피드백과 나쁜 피드백을 구분하는 기준은 딱 하나다. 무례한가, 그렇지 않은가. 무례한 피드백을 하는 사람들은 보통 상대가 아닌 자기 편의에 따라 조언한다. 문맥에 상관없이 자기 목적과 일에 유리한 방식으로 유도한다. 내 일의 '의도'를 생각해서 하는 말이 아니라는 것이다. 또는 자신의 취향을 은연중에 주입하려고 하거나, 요즘 트렌드는 이런 거라는 둥 대충 한마디 던지고 가버린다. 이럴 때 어떻게 대처해야 하는지는 잘 모르겠지만, 한 가지 확실한 건 대체로 일을 못하는 사람들이 그렇다는 사실이다. 어떤 피드백을 줘야 하는지 모르니까 그런 말밖에 할 수 없는 것이다.

반면 좋은 피드백을 해주는 사람들의 말에는 분명한 이유가 있다. 이런 방향으로 수정하는 게 왜 좋은지 이유를 충분히 설명하고, 나의 처음 의도 역시 제대로 숙지하고 있다. 그들은 더 나은 방향으로 가기 위해서 제안한다. 자기가 미처 몰랐던 다른 방법이 나타났을 때 바뀔 여지를 남겨두고 새로운 의견을 수용하는 말랑말랑한 여유도 갖고 있다.

나도 좋은 피드백을 해주는 사람이 되고 싶다. 제대로 된 지적을 해줄 수 있는 친구를 곁에 두고 싶은 것만큼 나도 좋은 지적을 해줄 수 있는 사람이 되고 싶다.

사실 알맹이 없는 피드백을 하기란 얼마나 쉬운 일인가. 좋은 피드백을 하기 위해서는 엄청난 디테일과 에너지가 필요하다. 꾸준한 관심과 애정도 뒤따라야 한다. 그럼에도 우리가 좋은 피드백을 위한 노력을 멈출 수 없는 이유는, 그것을 주고받는 과정을 통해 비로소 성장할 수 있기 때문이다.

이 책은 좋은 피드백으로
만들어졌습니다

28화

'이것'을 모으면 오리지널리티가 생긴다

"찌질하지 않으면 어떤 노래도 만들 수 없어."

영화 〈다시 만난 날들〉에는 중학생 밴드와 무명의 싱어송라이터가 나온다. 중2병의 밴드 리더는 자기가 만든 노래를 들려주면서 주인공 '태일'에게 묻는다. "노래는 어떻게 만드는 거예요?" 밴드 리더는 실력은 있지만, 뭣 때문인지 방황하며 갈피를 잡지 못하고 있었다. 그는 우물쭈물하다가 속마음을 고백한다.

사실 좋아하는 누나가 있는데, 그 누나가 지난번엔 락이 좋다고 하더니 이제는 힙합이 좋다고 하더란다. 그래서 어쩔 줄 모르겠다고. 태일은 말한다. 바로 그런 걸 쓰라고. 솔직하고 찌질한 그 마음을. 찌질하지 않으면 아무것도 쓸 수 없다고.

나만의 독특한 무언가를 찾고 싶을 때, 나의 찌질함은 무엇인지 떠올려본다. 당장 '독창성Originality'부터 찾기 전에 먼저 들여다봐야 하는 것은 '인성Personality'일지도 모른다. 그 사람의 성품, 흥미로운 개성, 독특한 분위기로부터 '퍼스널리티'가 만들어진다. 그걸 제대로 인식하여 자신의 독특한 매력으로 살려냈을 때 비로소 '오리지널리티'가 된다. 그리고 인성은 찌질할 때 제대로 드러나는 법이다.

"너만의 독창적인 걸 해봐!"라고 물으면 대답하기 어렵지만,
"너의 찌질한 구석은 뭐야?"라고 물으면 쭈뼛쭈뼛 말할 수 있다.

자기만의 것을 찾기 위해서는 나 자신을 낱낱이 관찰하고 가감 없이 들여다보는 시간이 꼭 필요하다. 엄청난 양의 인물 사

진을 남겼던 사진작가 다이안 아버스는 사람들은 자신의 진짜 모습을 쉽게 드러내지 않는다며, 한 인물의 가면을 벗기려면 최소한 500번의 셔터를 눌러야 한다고 말했다. 그가 찍은 사진을 보고 있으면 확실한 오리지널리티가 느껴진다.

내가 일기를 쓰는 것도 비슷한 맥락에서다. 예전에 쓴 일기를 다시 읽다 보면 새삼 '내가 이런 생각을 했었나?' 싶다. 힘을 쫙 빼고 마주하는 일기장에는 나의 민낯이 오롯이 비친다. 유치하기 짝이 없는 질투가 나고, 마음이 이상하게 힘든 날, 그런 날에 쓴 일기를 읽고 있으면 소스라치게 놀랄 수도 있다.

… 나, 여전하네?

아마 기록하지 않았다면 발견하지 못했을 거다. 스스로 부끄러운 나머지 대면하고 싶지 않았던 내 모습을. 영 못났지만, 왠지 마음이 가는 구절들을 가만히 뒤적거려본다. 그리고 그 안에서 나와 가장 잘 어울리는 문장 하나를 입어본다. 내가 가지고 있는 것 중 가장 촌스럽고 단순하지만, 마음에 쏙 드는 그것을….

29화

어깨에 힘부터 빼고

뭐든 작게 시작하는 게 좋다. 나의 글쓰기는 편지에서부터 시작했다. 편지라고 하기엔 쪽지에 더 가까웠다. 짧은 문장에 마음을 꽉 채워 넣는 일이 꽤 뿌듯했다. 나에게 글쓰기는 그런 것이었다. 할 이야기가 있는데 말로 하기는 어렵고, 시간을 몽땅 가져다 썼지만 몇 줄밖에 쓰지 못하는 것. 누군가 나의 글에 깊이가 없다고 지적한다면, 맞는 말일 거다. 팔랑팔랑 작고 가벼운 종잇조각이 두툼해지려면 시간이 걸리는 일이다.

그림을 그리고 싶은 나에게 스스로 기회를 주기로 한 날, 아주 작은 종이를 골라 거기에 그림을 그리기 시작했다. 명함 크기의 도톰한 켄트지를 한 묶음, 두 묶음 사서 매일 한 장씩 그렸다. 그게 첫걸음이었다. 떠오르는 장면이나 사물을 펜으로 몇 번 쓱쓱 그리고 나면 작은 종이가 금세 꽉 찼다. 별것 아닌 것 같지만, 한 장의 그림을 완성했다는 성취감이 들었다. 그렇게 매일 조금씩 자신감이 쌓였다. 이제 제법 큰 종이에 그림을 그린다고 해도 두렵기보다 재밌을 것 같다는 생각이 먼저 들 만큼 붓의 반경이 커졌다.

조직에 속하지 않아도 온전히 혼자의 힘으로 돈도 벌고, 하기 싫은 일도 티를 내지 않고 웃으면서 넘길 수 있는 능구렁이 같은 어른이 되었다. 내가 할 수 있는 일에 시간을 왕창 쏟아붓고 있지만, 아직 손에 쥘 수 있는 것은 많지 않다. 다만 스스로에 대한 만족과 뿌듯함, 누군가와 연결되어 있다는 감각, 이따금 전해지는 타인의 공감, 나에 대한 기분 좋은 호기심 같은 것들이 돈과 함께 섞어 들어온다.

우리는 각자의 길에서 수많은 타인과 마주친다. 서로 다른 가치관과 세계관을 지닌 사람들 사이에서 흔들리지 않기 위해서는 중심을 잘 잡아야 한다. 소신껏 자신의 길을 걷기 위해 명심해야 할 건 두 가지다.

첫 번째, 힘을 쫙 빼고 할 수 있는 걸 하기.
두 번째, 좋아 보이는 것 말고 나에게 맞는 걸 하기.

그게 전부다. 지금 내가 당장 해야 하는 건 이 책을 잘 만드는 것, 그것뿐이다.

30화

10년 뒤에 나는 무엇을 하고 있을까

지금으로부터 10년 뒤, 나는 뭘 하고 있을까.

10년 뒤라면 뭔가 이룰 수 있을 것 같기도 하지만,

딱히 대단한 걸 이루지 못해도 괜찮을 것 같다.

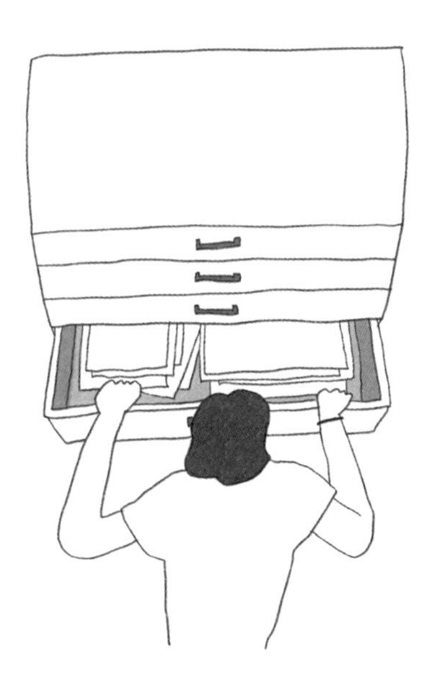

지금 내가 바라는 건, 그때도 계속 그림을 그리는 것.

'이 사람 아직도 하고 있나?' 하며 누군가 나를 찾아봤을 때,

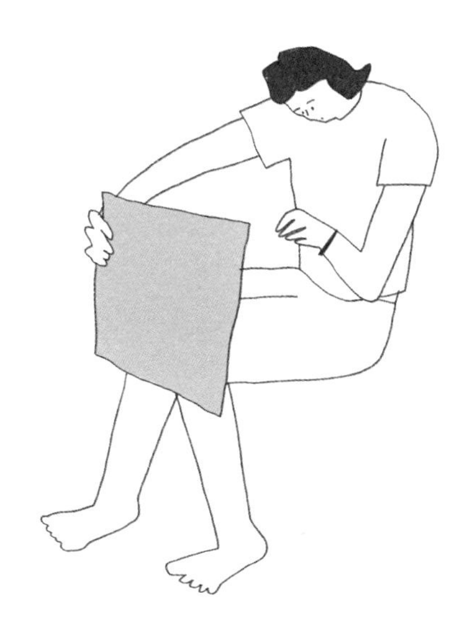

여전히 그림 그리는 나를 발견할 수 있기를!

그거면 충분하다.

그러다 차곡차곡 쌓인 그림을 한데 모아 소규모 전시를 여는 건 어떨까. 자축하는 의미로, 작은 파티까지 열면 더 좋겠지.
#초대장은바로이책입니다

인생은 우리 마음이 그린 그림처럼 펼쳐진다.

- 조셉 머피

◦ 에필로그

어차피 언젠가는 독립해야 한다면

이 책을 쓰면서 아직 풀지 못한 숙제들을 마주했다. 데이비드 호크니는 '마음속에 질문이 없으면 보이는 것이 너무 많다'고 했다. 이 말은 그림뿐만 아니라 인생에도 적용할 수 있을 것 같다. 삶의 모양마다 우리가 품는 질문의 형태도 다르다. 사람들이 인정하는 것, 알아주는 것에 시선을 빼앗기지 말고 한 번쯤 나에게 질문을 던져보자. '그래서 네 생각은 뭔데?'

뭔가 하고 싶은 마음, 의욕은 힘이 세다. 언젠가는 이런 걸 해보고 싶다, 나중에 여유가 좀 생기면 해봐야지 하는 게 있다면 우선 써보라고 권하고 싶다. 그리고 나중에 다시 열어보는 거다. 막연히 떠올렸던 그 무언가가 어떤 형태로든 나의 일상에 나타나기도 하고, 전혀 예상치 못했던 새로운 문을 열었을 수도 있다.

어차피 언젠가는 독립을 해야 한다면, 나는 딱 하나만 기억하라고 말해주고 싶다.

좋아 보이는 것 말고, 나에게 맞는 것을 찾으라고.

나의 의지는 늘 쉽게 켜지고, 또 쉽게 꺼졌다. 이런 양초 같은 근성에 나는 오랫동안 실망하고 낙담했다. 아랫목 정도는 뜨뜻하게 데우는 뭉근한 장작불 같은 사람이 되고 싶었는데. 하지만 퇴사 후, 나를 찬찬히 지켜보니 아궁이처럼 한곳에 오래 머물며 불을 피우기보다 자유롭게 움직이는 양초가 나의 기질과 더 잘 어울렸다. 양초의 불꽃은 다른 곳으로 옮기기도 쉽고 다른 불꽃을 만나 새로운 향기를 피울 수도 있었다. 오히려 그 자유로움이 해방감을 주었다. 게다가 얼마나 다행인 일인가. 불꽃이 쉽게 꺼진다고 해도, 또 금세 살아나니까.

불안한 상황에서도 웃으면서 마무리하는 법을 알려주는 나의 룸메이트 윤브르, 회사 밖에서 새로운 방식으로 일할 수 있도록 함께 걸어주신 실장님, 존재만으로도 든든한 친구들과 가족들, 그리고 수많은 책 사이에서 이 책을 집어 들고 여기까지 읽어주신 고마운 독자님. 저의 작은 양초가 꺼지지 않게 도와주셔서 고맙습니다.

집 나간 의욕을 찾습니다

n년차 독립 디자이너의 고군분투 생존기

1판 1쇄 인쇄 2021년 10월 8일
1판 1쇄 발행 2021년 10월 18일

지은이 김파카
펴낸이 김성구

주간 이동은
책임편집 현미나
콘텐츠본부 송은하 김초록 김지용
디자인 이영민
마케팅본부 송영우 윤다영
관리 박현주

펴낸곳 (주)샘터사
등록 2001년 10월 15일 제1-2923호
주소 서울시 종로구 창경궁로35길 26 2층 (03076)
전화 02-763-8965(콘텐츠본부) 02-763-8966(마케팅본부)
팩스 02-3672-1873 | 이메일 book@isamtoh.com | 홈페이지 www.isamtoh.com

ISBN 978-89-464-2198-1 03810

- 값은 뒤표지에 있습니다.
- 잘못 만들어진 책은 구입처에서 교환해 드립니다.

샘터 1% 나눔실천

샘터는 모든 책 인세의 1%를 '샘물통장' 기금으로 조성하여 매년 소외된 이웃에게 기부하고 있습니다.
2020년까지 약 9,000만 원을 기부하였으며, 앞으로도 샘터는 책을 통해 1% 나눔실천을 계속할 것입니다.